KB091242

먹을 줄만 알았는데

시험에 들게 될 줄이야

- 일부 외래어 표기는 통상적으로 사용하는 입말에 따라 표기했습니다.

먹을 줄만 알았는데
시험에 들게 될 줄이야
김미정

Editor's Letter

치킨이 만연한 이 세상. "가장 좋아하는 음식이 뭐야?"라는 질문에 "치킨."이라고 답해버리면 왠지 취향이 없는 사람처럼 느껴져 고민해본 적, 다른 대답을 준비해본 적, 거짓말한 적, 있습니까?

여기 주저 없이 "치킨."을 당당하게 외치는 한 분이 계십니다. 주 4회 치킨을 먹고, 치킨이라면 난다 긴다 하는 사람들도 다 혀를 내두른 치킨 시험에서 1등까지 하며 공신력을 인증받은, 그야말로 치킨의 왕이 입을 열었습니다. 좋은 건 뜨겁게, 싫은 것도 가감 없이. 치킨이 다 거기서 거기라는 생각을 완전히 깨부숩니다.

가끔은 뾰족하게 날을 벼린 세밀한 취향이 우리 인생에 새로운 즐거움이 되어줍니다. 열 번쯤 말하면 한 번 정도는 치킨을 먹는 사람이 생기기 마련이라는 저자의 말이 과언은 아니었는지, 저는 원고를 보면서 일주일에 두 번은 치킨을 시켜 먹었답니다. 치킨 감별사까지는 아니라도, 신메뉴에 도전하는 즐거움을 알게 됐달까요. 치킨이 대체 뭐길래 이렇게 먹고 싶지? 하면서 다급하게 배달 앱을 켜는 저 자신을 발견했습니다. 오늘은 무슨 일이 있어도 노랑통닭 알싸한 마늘치킨에 파채와 치즈볼 추가, 거기에 리뷰 이벤트에도 참여해 치즈스틱까지 먹어야겠다고요. 구구절절한 주문서의 날들이 제법 많아졌습니다. 그렇게 먹는 치킨이 얼마나 맛있었는지는, 상상하시는 그대로.

로또에 당첨되면 출판 계약서에 명시된 계약금을 반환하고 자유의 몸이 되고 싶었다는 작가님의 말이 실현되지 않았음에 내심 안도합니다. 마감의 벼랑 끝에서 꽃피는 웃음 폭탄이 곳곳에 숨겨져 있거든요. 찾아내는 건 독자 여러분의 몫으로 남겨두겠습니다.

"단 한 번의 시험으로 100명이 넘는 치믈리에를 배출하는 나라, 세계에서 가장 깊고 화려한 치킨 문화를 가진 나라, 세계 모든 맥도날드 매장 수를 합친 것보다 치킨집이 많은 나라, 공원이든 강변이든 언제 어디서나 치킨을 시켜 먹을 수 있는 나라."

배달의민족에서 발행한 『치슐랭 가이드』도 인정한 치킨의 나라에서 살아가는 국민으로, 감히 필독서라 외쳐봅니다. 좋아 죽겠는 치킨 하나로 눈물도 설움도 시원하게 씹고 뜯고 삼키는 그런 여름밤 덕분에, 오늘도 살아지는 거라고요.

Editor 김수연

차례

프롤로그

여보세요? 수석을 하셨어요!

매일매일 똑같은 삶일지라도 특별한 순간은 불시에 찾아온다. 2017년 늦여름, 나에게도 그런 특별함이 불쑥 찾아왔었다. 어영부영 대학을 졸업하고 가까스로 남은 양심으로 아르바이트를 하며 바쁜 하루하루를 보내던 나. 그 무렵 할머니 댁은 내가 마음 편히 도피할 수 있는 최고의 안식처였다. '입시-취업-결혼'으로 이어지는 명절 필수 확인 질문 3단계의 2구간을 미처 진입하지 못하고 경로를 이탈한 나에게 이곳에서는 그 누구도 목적지를 묻지 않았다. 피하고 싶은 질문에서 자유로이 벗어나, 그저 내가 왔다는 것이 중요하다며 기꺼이 반겨주는 친척들 틈에서 치킨이나 뜯는 하루하루. 무릉도원이 하나도 부럽지가 않어.

나중에 안 사실이지만 당시에 할머니는 내 미래를 걱정하며 몰래 여기저기 물어보고 다니셨단다. 혼자만 속 편히 잘 지내며 몰랐다. 지금도 휴가를 조금 길게 내고 집 안에서 뭉개고 있을라치면 혹시 회사에서 잘린 거냐며 주변에 은밀하게 물어보신다고 한다. 이제 모든 상황을 알게 된 나는 목 디스크에 대한 우려로 평소에는 잘 걸지도 않는 사원증을 괜히 목에 걸고 흔들어 젖히며 그녀만을 위한 퍼포먼스를 종종 펼치고 있다.

앞서 언급했던 내 인생 불시에 찾아온 특별한 순간. 문제의 그날도 나만의 무릉도원인 할머니 댁에서 치킨을 맘껏 먹고 가까운 사촌 집으로 건너가 귀여운 고양이들을 잔뜩 쓰다듬으며 전문용어로 백수 짓을 한껏 누리고 있었다. 하지만 언제까지고 도피처에만 머무를 수는 없는 법. 한없이 느린 걸음으로 기차를 타러 가던 길에 모르는 번호로 전화가 걸려 왔다. 지금이었다면 대뜸 통화 버튼을 누르지 않고 한참 살폈을 텐데, 왜 그랬는지 모르겠지만 망설임 없이 바로 전화를 받았다.

"여보세용? 김미정 님이신가요?"

다소 장난스러운 목소리가 흘러나왔다. 이건 뭐지? 말로만 듣던 보이스피싱이 드디어 내게도 찾아온 것일까? 그렇다면 심심한데 잘 걸렸다. 요놈!

"네…?"

너는 누구신데 내 이름을 아는 거죠? 경계심 가득 찬 퉁명스러운 목소리가 튀어나왔다.

"치믈리에 시험 보셨죠? 수석을 하셨어요!"

새까맣게 잊고 있던 배민 치믈리에 시험. 네가 왜 여기서 나와?

경계라는 경계는 다 해놓고서는 황당함 반, 신기함 반에 웃음이 터지고 말았다. 전화를 끊고도 의심이 5g 정도 남아 얼떨떨했으나 옆에서 무슨 전화냐고 묻는 친척들에게 "내가 치믈리에 시험 1등을 했다는데?"라고 내뱉으니 그제야 살짝 실감이 났다. 집에 가는 열차에 올라서도 여전히 얼떨떨했다. 잠시 후 배달의민족에서 간단한 전화 인터뷰에 응할 수 있냐는 연락이 왔다. 깊게 생각할 수 있는 상태가 아니었던 나는 대충 알겠다고 대답했고, 그렇게 달리는 열차 복도에 서서 인터뷰에 응했다.

휘뚜루마뚜루 받아든 장원 급제 소식과 휘몰아친 인터뷰. 지금 내가 뭘 한 거지. 내릴 때가 되어서야 뒤늦게 아찔한 감각이 밀려왔다. 그날의 인터뷰

기사는 재빠르게 올라왔다. 내뱉은 말들보다 재미나게 편집되어 인터넷 세상 구석구석으로 퍼졌고, 기념으로 찍어두었던 날것의 수험표 사진까지 퍼지고 또 퍼졌다. 연락이 몰아쳐 오고 또 오고 더 왔다. 이렇게 다들 인터넷을 열심히 본다고? 이 이야기가 여기에서 끝났다면 좋았으련만 “그 기사 나도 봤어!” 라는 말을 그해 명절에도, 다음 해 명절에도 듣고 또 들었다. 게다가 끝내 “그 영상 나도 봤어!”로 진화했다는 슬픈 이야기.

먹을 줄만 알았는데
시험에 들게 될 줄이야

제1회 배민 치믈리에 자격시험과의 첫 만남은 2017년 여름. 평소처럼 배달 앱으로 치킨을 시키려다 말고 '치믈리에 자격시험'이라는 띠용스러운 이벤트 배너를 마주했다. 묘하게 고급스러우면서도 시선을 잡아끄는 B급의 향기. 치킨과 소믈리에의 언밸런스한 합성어인 '치믈리에'와 더 생뚱맞은 '자격시험'이라는 단어의 기묘한 조합. 무언가 재밌는 일이 벌어지고 있구먼… 하면서 별생각 없이 치킨을 주문했다.

그 이후 버스 정류장에서, 지하철역에서, 인터넷에서 의도치 않게 몇 번이나 이벤트 배너를 만났다. 결국 앱 푸시 알림을 받자마자 홀린 듯이 선착순 접수를 마쳤다. 이 재미있는 걸 혼자 하자니 좀 아깝기도 해서 주변을 수소문한 끝에 나만큼이나 치킨을 애정하는 아는 동생 한 명도 끌어들여 접수를 하게 했다. 우리는 접수 확인증을 보며 낄낄 웃었다. 그때까지만 해도 치킨을 실컷 먹을 수 있으리라는 기대감이 더 컸었더랬다.

이윽고 정신을 차려보니 시험 전날. 시험의 존

재를 까맣게 잊고 있던 나는 밤늦게서야 조급한 마음에 주최 측인 배민 블로그에 다급히 접속했다. 그런데 잠깐, 제가 이투스 강의 홈페이지에 잘못 들어왔나요? 화려한 라인업을 자랑하는 먹방 유튜버들의 동영상 강의가 대치동 빰칠 정도로 마련되어 있었다. 그중 '브랜드별 후라이드, 양념치킨 구분법'이라는 족집게 강의 제목에 눈이 번쩍. 이것은 어서 잠들고픈 나를 구원할 족보로세. 나는 화려한 건너뛰기 스킬을 사용해 후라이드 부분만을 겨우 재생했다. 가장 인상 깊었던 것은 또래오래에서는 갈릭플러스만 시켜 먹던 내가 알 수 없었던 후라이드에 대한 정보였다. 또래오래의 후라이드에선 바닐라 향이 난다니! 마음에 꽂힌 한 줄만 품에 안고 눈을 감았다. 따지고 보면 평소에 덜 먹는 양념을 봤어야 하는데… 모든 계획을 다 이룬다면 그게 진정 나라는 존재라고 할 수 있을까? 내려오는 눈꺼풀의 의지도 존중해주는 나도 나니까…. (한 줄 요약: 양념 부분은 결국 못 봤다.)

시험 당일. 아는 동생에게 몸이 좋지 않아 불참

한다는 연락을 받았다. 애초부터 혼자 신청했었기 때문에 거리낄 것 없이 발걸음을 재촉했다. 그렇게 도착한 롯데 호텔. 잘못 찾아온 것은 아닌지 의심될 만큼 번쩍번쩍 그 자체였다. 가족끼리, 친구끼리, 삼삼오오 특이한 차림새를 하고 온 사람들. 다들 자격시험을 보러 왔다기보다는 마치 핼러윈을 즐기러 온 사람들 같았다. 부랴부랴 동영상 하나만 급히 넘겨본 나와는 다르게 어디서부터 쓰고 온 건지 궁금한 치킨 탈을 쓰고 온 분도 있었고, 소형 캠코더로 시험장의 모습을 담고 있는 분도 있었다. 슬쩍 기가 죽었다. 다들 파티장인데 나 혼자 상공회의소…. 하지만 일단은 뭐든지 지고 싶지 않았다. 혼자였지만 수험표 틀에서 기념사진도 찍고, 차분히 장내를 둘러보며 함께 오지 못한 친구를 위해 꼼꼼히 인증샷을 찍다 보니 물에 잉크가 번지듯 파티장에 스며들었다. '펩시콜라 vs 코카콜라' '야쿠르트 vs 요구르트' 등을 맞히는 미각 테스트가 사전 행사로 준비되어 있었는데, 거뜬히 성공하여 혀클리너라는 핫 아이템도 선물받았다.

MC로 장성규 아나운서가 등장할 때까지만 해

도 시험보다는 축제에 가까운 하루가 되겠구나 생각했다. 주최 측에서 준비한 영상 속 치킨을 보며 참가자 모두 환호하고 함성을 지르며 일순 하나 되어 치킨을 연호했다. 얼핏 보면 종교적인 행사로 충분히 오해할 만한 광경이었다. 열과 성을 다하여 시험을 준비했다던 치킨집 사장님부터 치킨 동아리에 소속된 대학생들, 치킨 브랜드 모델인 연예인들까지 다양한 인터뷰가 재생되었고, 부모님에게 안긴 갓난아이, 외국인도 각자 자리에서 축제를 즐기고 있었다.

제 1회 배민 치믈리에 자격시험

제 1교시

필기 영역

총 30문제 / 시험시간 20분

1교시 필기 영역은 총 30문제입니다.

1번부터 3번까지는 듣고 답하는 문제입니다. 보기는 한 번씩만 들려드립니다. 방송을 잘 듣고 답을 하시기 바랍니다.

1. 다음 소리를 듣고 진짜 닭소리를 보기에서 고르시오.

① 1번 닭 ② 2번 닭 ③ 3번 닭

2. 다음 멜로디를 듣고 치킨 프랜차이즈의 광고음악이 아닌 것을 보기에서 고르시오.

① 1번 노래
② 2번 노래
③ 3번 노래
④ 4번 노래

3. 다음은 한 외국인이 좋아하는 치킨을 자세하게 설명하는 내용의 음성입니다. 이 외국인이 좋아하는 치킨이 무엇인지 고르시오.

① 또래오래 간장치킨
② BHC 뿌링클
③ 멕시카나 후라이드
④ 굽네 볼케이노
⑤ 교촌 허니콤보

치킨을 튀기기 가장 좋은 온도를 고르시오.

① 100℃
② 130℃
③ 180℃
④ 200℃

5. 다음 치킨 부위 중 [가슴살]에 속하는 가장 정확한 위치를 고르시오.

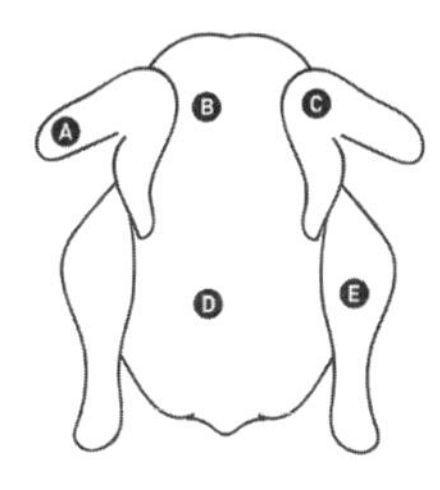

① A ② B ③ C
④ D ⑤ E

6. 다음 중 BHC의 치킨 메뉴가 아닌 것을 고르시오.

① 커리퀸 ② 맛초킹 ③ 치바고 ④ 핫블링

7. 다음 치킨 중 네네치킨 '스노윙 치킨'을 고르시오.

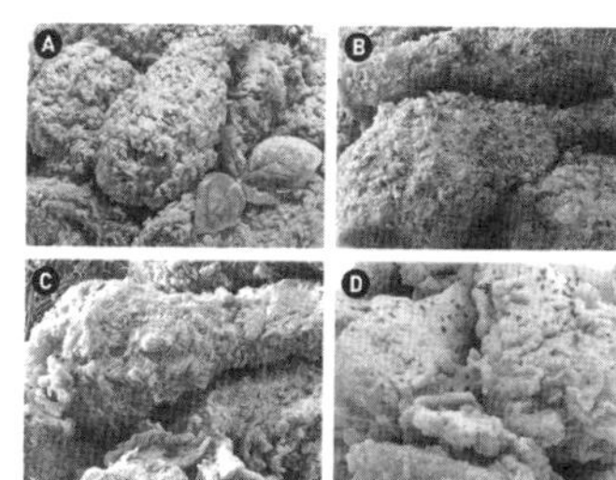

사진 출처: 각 프랜차이즈 제공

① A ② B ③ C ④ D

처: 배달의민족, 제1회 배민 치믈리에 자격시험(2017)

2 필기 영역

총 30문제

8. 다음 사진 속 치킨의 이름을 고르시오.

사진 출처 : 프랜차이즈 제공

① 멕시카나 땡초치킨
② 교촌 레드오리지날
③ 굽네 볼케이노
④ 페리카나 매운양념치킨

9. 다음 사진 속 교촌치킨 메뉴는 [달콤한 허니 소스와 담백한 다리의 만남] 이라는 설명으로 판매 중 입니다. 이 치킨을 고르시오.

사진 출처 : 프랜차이즈 제공

① 교촌허니콤보
② 교촌허니오리지날
③ 교촌허니스틱
④ 교촌오리지날
⑤ 교촌살살치킨

10. 치킨 메뉴 중 '크런치한 순살치킨에 블루치즈, 체다치즈, 양파, 마늘이 함유된 [Magic Seasoning 을 뿌려 자꾸 끌리는 맛] 이라는 설명으로 판매 중인 치킨을 고르시오.

① 굽네 딥치즈 시리즈
② BHC 순살 뿌링클
③ 네네치킨 스노윙치킨
④ 멕시카나 순살 크런키

11. [페리카나]의 영어 스펠링으로 옳은 것을 고르시오.

① Pelicana
② Pericana
③ Perycana
④ Ferycana
⑤ Fericana

12. BHC 뿌링클의 출시연도를 고르시오.

① 2012 ② 2013 ③ 2014
④ 2015 ⑤ 2016

13. 다음 중 치킨 프랜차이즈와 치킨 메뉴가 잘못 연결되어 있는 것을 고르시오.

① 멕시카나 - 땡초치킨
② 굽네 - 볼케이노 치킨
③ BHC - 맵스터 치킨
④ 교촌 - 레드 오리지널
⑤ 페리카나 - 맛초킹 치킨

출처: 배달의민족, 제1회 배민 치믈리에 자격시험(201

1교시: 필기 영역

축제 분위기에 한창 젖어 있을 무렵, 시험이 시작되었다. 모의고사 시험지 형식을 본떠 만든 시험지가 주어지자 장내가 거짓말처럼 조용해졌다. 이곳이 단순한 여흥의 장이 아닌 진지한 시험장임을 그제야 느꼈다. 아무렴 나는 핼러윈 파티보다는 상공회의소가 어울리는 사람이니까. 엄숙해진 분위기에 도리어 마음이 편안해졌다. 모두 진지하게 시험지를 응시하는 모습에 나 역시 의지를 다지며 들여다보았다.

자고로 시험이라면 포문을 여는 것은 역시 듣기평가여야 하는 법. 치믈리에 자격시험도 이 규칙을 충실히 따랐다. 닭 성대모사의 향연인 듣기평가에 웃음이 터졌지만, 이내 필기시험이 본격적으로 시작되자 퍽 높은 난도의 문제 앞에서 나도 모르게 허리가 곧추세워지는 것이었다. 정말 주최 측이 작정을 했구나. 생일날 먹는 치킨을 고를 때만큼이나 신중하게 한 자 한 자 읽어내렸다.

각 브랜드의 캐치프레이즈부터 영문 이름 철자, 특정 메뉴의 출시 연도, 사진으로 메뉴 맞히기 등 다양한 유형의 문제가 출제되었다. 평소 치킨 브랜드 홈페이지를 자주 방문했던 나로서는 망설임 없이 정답을 체크할 수 있었다. 뿌링클의 출시 연도를 맞혀야 하는 문제에서는 멈칫했지만 내 기억 속 첫 뿌링클은 언제였는지 두뇌를 풀가동해보았다. 덕질하던 아이돌 그룹의 활동 곡과 매칭해보며 해를 거스르다 보니 대충 가늠이 되었다. 이게 뭐라고 다들 이렇게 진심이야? 했던 나는 온데간데없고, OMR 카드를 잘못 체크해 다급히 손을 들고 답안지를 새로 받아내는 나만이 남았다. 학교 다닐 때도 이렇게 다급하게 손을 들어본 적이 없었다.

불확실과 불안이 공존하는 1교시는 그렇게 끝이 났다. 치킨 좀 먹었다는 사람 체면이 말이 아니네… 하며 살짝 후회가 들었다. 생각보다 만점자가 많을 것 같은데 공부 좀 미리 해 올걸. 한 문제 틀리고 울던 전교 1등의 마음이 이런 것이었을까? 지금 생각하면 어이가 없다.

6

제 1회 배민 치믈리에 자격시험

제 2교시

실기 영역

총 12문제 / 시험시간 20분

실기 영역은 총 12문제입니다.

[후라이드 치킨 영역], [가루 치킨 영역], [양념 치킨 영역], [핫양념 치킨 영역]의 치킨들을 순서대로 맛보고 각 [보기]에서 답을 골라주시기 바랍니다.

마지막 영역인 핫양념 치킨은 많이 매울 수 있으니 더욱 더 주의해 주시길 바랍니다.

그럼 20000

[후라이드 치킨 영역]

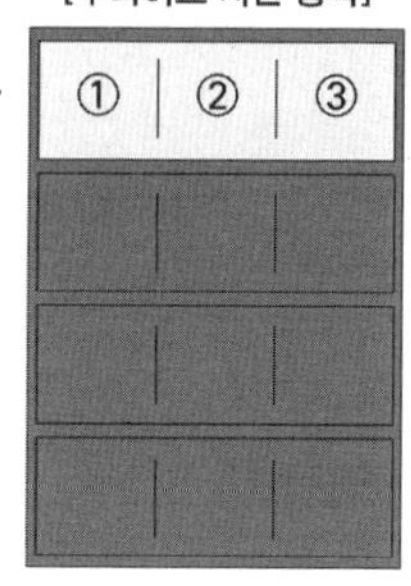

1. [후라이드 치킨 1]을 보기에서 고르시오.

Ⓐ 네네치킨 후라이드　Ⓑ 페리카나 후라이드
Ⓒ 멕시카나 후라이드　Ⓓ 또래오래 후라이드
Ⓔ 교촌치킨 후라이드　Ⓕ BHC 후라이드
Ⓖ 굽네치킨 후라이드　Ⓗ 처갓집 양념치킨 후라이드

2. [후라이드 치킨 2]을 보기에서 고르시오.

Ⓐ 네네치킨 후라이드　Ⓑ 페리카나 후라이드
Ⓒ 멕시카나 후라이드　Ⓓ 또래오래 후라이드
Ⓔ 교촌치킨 후라이드　Ⓕ BHC 후라이드
Ⓖ 굽네치킨 후라이드　Ⓗ 처갓집 양념치킨 후라이드

3. [후라이드 치킨 3]을 보기에서 고르시오.

Ⓐ 네네치킨 후라이드　Ⓑ 페리카나 후라이드
Ⓒ 멕시카나 후라이드　Ⓓ 또래오래 후라이드
Ⓔ 교촌치킨 후라이드　Ⓕ BHC 후라이드
Ⓖ 굽네치킨 후라이드　Ⓗ 처갓집 양념치킨 후라이드

출처: 배달의민족, 제1회 배민 치믈리에 자격시험(2017)

2교시: 실기 영역

드디어 2교시. 치킨을 먹을 시간이었다. 당장 눈 앞에 치킨이 박스째로 등장하니 반가운 마음이 컸다. 이제야 만나는구나! 제군들이여.

치킨을 먹고 해당 브랜드와 메뉴 이름을 맞히는 단순한 구성이었다. 총 열두 문제로, 후라이드-가루-양념-핫양념의 네 가지 순살치킨이 각각 다른 브랜드로 세 조각씩 담긴 치킨 박스를 받아들었다. 보기는 여덟 개 브랜드로 제한되어 있었다. 네네, 페리카나, 멕시카나, 또래오래, 교촌, BHC, 굽네, 처갓집. 평소에 즐겨 먹던 브랜드들이라 가슴을 쓸어내렸다.

일단 구웠기 때문에 튀긴 치킨 사이에서 찾기 쉬운 굽네부터 눈으로 찾아냈다. 아쉽게도 굽네에선 핫양념 영역의 볼케이노 한 문제만 출제되었지만 막막함을 덜어내기엔 충분했다. 그리고 보기에서 눈에 들어온 교촌. 교촌은 당시 순살에 쌀알 크런치를 입혀 튀긴 살살치킨만을 취급하고 있었다. 요리 봐도 조리 봐도 보이지 않는 쌀알 크런치. 그렇담, 교촌은 출제되지 않았다. 잠시 눈을 굴리는 요행만으로 한 문제를 해결했다. 실기 영역은 모든 문제의 보기가 같았기 때문에, 굽네와 교촌을 제외하고 나니 다른 문제들의 선택지도 여섯 개로 줄어들었다.

기세를 몰아 가루 영역으로 넘어갔다. 후라이드 치킨에 시즈닝 가루를 묻힌 형태인 가루치킨. 가루치킨의 양대 산맥이라면 BHC 뿌링클과 네네 치즈스노윙이지. 노르스름한 빛깔을 뽐내는 두 치킨이 눈에 들어왔다. 파슬리를 뿌려서 초록빛이 간간이 섞인 뿌링클, 그리고 초록빛이 없는 치즈스노윙 두 문제도 눈으로 해결 완료. 그쯤에서 한숨 돌리고 치킨을 맛있게 먹었다.

다음은 후라이드. 이때 내 머리를 스친 것은 바로 어제 30분 남짓의 벼락치기! 바닐라 향이 난다던 또래오래의 향기를 찾아내고자 코를 킁킁대보았지만 아뿔싸, 나는 만성 비염인임을 간과했다. 아무리 들이마셔도 향이라고는 느낄 수가… 게다가 바닐라 맛을 좋아하지 않으니 바닐라 향을 상상하기도 어려웠다. 또래오래 찾기는 빠르게 포기하고 정석대로 1번부터 한입씩 먹어보았다. 1번 치킨은 씹자마자 퍽퍽한 가슴살이란 걸 느낄 수 있었다. 평소 다리살을 즐기는 나로서는 언젠가 시킨 순살치킨의 퍽퍽함에 울상을 지었던 기억이 퍼뜩 되살아났다. 먹어도 먹어도 계속 퍽퍽살이었던 바로 그 치킨. 양도 어찌나 많았는지. 가슴살만을 사용하는 네네치킨 순살의 특성을 모르고 주문했던 뼈아픈 기억 덕분에 답을 적을 수 있었다.

소거법과 기억법을 병행하며 어물쩍 양념 영역에 도착했다. 먹자마자 밀려오는 물엿과 마늘의 조화, 어린 시절을 떠올리게 하는 페리카나 양념치킨. 너로구나. 맛있는 한 조각을 꼭꼭 씹어 삼켰다. 나머지 양념들도 제법 순조롭게 찾아낼 수 있었다.

대망의 마지막은 이번 시험 최대 난관이었던 핫양념 영역이었다. 아니, 어째서 핫양념 따위가 양념, 후라이드와 어깨를 나란히 한단 말인가? 가루치킨은 뿌링클의 스타성에 기댄다고 해도, 어째서 핫양념이? 화가 잔뜩 난 것은 내가 이른바 '맵찔이', 매운 것을 잘 먹지 못하는 사람이기 때문이다. 매운 것이라고는 사나이를 울린다는 신라면 정도가 최대치인

내게 매움의 맛을 구분하라니! 거 너무 가혹한 거 아니오! 그나마 다행인 건 눈으로 굽네 볼케이노 하나를 구분해두어 먹어볼 문제가 둘만 남았다는 것. 당시만 해도 순살이 없어서 문제로 나왔을 리 없는 교촌 레드를 보기에서 발견하고 이 정도는 나도 먹을 수 있는데 쩝, 아쉬움을 달랬다.

불, 레드, 땡초, 쇼킹핫, 리얼핫… 보기가 아주 난리가 났다. 뜨겁다 못해 불타오르는 수식어의 향연을 마주하며 지급받은 생수 양을 가늠했다. 또래 오래 리얼핫양념치킨을 제외하고는 아무것도 먹어본 적이 없었지만 땡초와 쇼킹핫이 덜 매울 것 같지는 않았으니까. 큰맘 먹고 치킨을 머금었다. 치킨 한 조각에 땀이 비 오듯 쏟아지기 시작했고 생수 한 병을 탈탈 비우고서야 겨우 진정할 수 있었다. 사람이 먹는 음식이 맞나, 새로운 암살 방식이 아닌가? 제 감상 이보다 더 매운 치킨은 없을 것 같다는 결론을 내렸다. 주변의 매운맛 마니아들이 부르짖던 그 이름, 풍문으로 가장 매운 치킨이라 익히 들었던 멕시카나 땡초치킨으로 결정. 이 정도는 매워야 매운맛 러버들이 만족한다니. 〈세상에 이런 일이〉에 제보해야 하나. (다행히도 땡초가 정답이었다. 틀렸다면 물 한 병을 들이켠 것이 억울할 뻔했다.) 순살치킨 열두 조각을 맛보았더니 포만감이 엄청났다. 순간 뼈 있는 치킨이었다면 음식물 쓰레기가 엄청났을 거라는 생각이 들었다. 순살이라며 그저 아쉬워만 했던 나는 얼마나 단순했던가. 잠시 반성했다.

시험은 그렇게 불타는 혀와 함께 마무리되었다. 잠깐의 쉬는 시간, 문제가 어려웠다는 탄식이 여기저기서 터져 나왔고 나 역시 마음속으로나마 고개를 끄덕였다. 장성규 아나운서의 진행으로 간단한 정답 풀이도 함께했다. 치킨 먹느라 지친 수험생들에게 웃음을 주려는 시간이었는지 본격적인 문제 풀이보다는 쉴 새 없이 치고 들어오는 농담에 깔깔대다 보니 끝이 났다. 시험장 위로 닭다리 모양 꽃가루가 뿌려지며 제1회 배민 치믈리에 자격시험은 마지막까지 범상찮게 종료되었다.

그야말로 치킨으로 가득한 하루였다. 시험이라기보다는 하나의 축제를 제대로 즐겼다는 뿌듯함을 안고 돌아가면서도, 긴가민가했던 문제들을 되새기며 더 잘 풀지 못한 아쉬움을 곱씹었다. 더 잘할 수 있었는데. 나의 치킨력을 오롯이 보여주지 못한 것 같아 자책했는데, 이는 학창 시절에도 해본 적 없는 재수 없는 푸념이었다는 사실을 몇 달 후 알게 된다. 무려 치믈리에 수석 합격이라는 전화를 받게 되었으니.

치킨은 살 안 쪄

대학교 졸업 이후 자의 반 타의 반으로 지속된 알바몬의 삶. 천하태평이던 나의 심연에도 슬슬 위기감이 차오르기 시작한 터였다. 외면 더하기 반항 거기에 회피 한 스푼인 나날에 예상치 못하게 찾아온 수석 치믈리에라는 타이틀. 그래도 1등인데! 자소서에 제법 쓸 만하겠는걸… 하는 막연한 기대감은 생각 없이 즐거운 하루하루를 연장시켜주었다.

그러던 어느 날, 배달의민족에서 '치믈리에 상장 수여식'에 참석해달라는 연락이 왔다. 거기에 간단한 인터뷰를 곁들인. 뭐, 뭐라도 하면 좋겠지. 안일한 생각으로 또 응해버렸다. 간단한 인터뷰는 당연히 간단하지 않았다. 훗날 이 인터뷰는 SNS에서 가공할 만한 파급력으로 화제가 되어 오랫동안 회자되었다.

상장을 받겠다며 쫄래쫄래 배달의민족 사옥으로 간 당일. 간단한 인터뷰라더니 출연 동의서부터 작성했다. 뭐 그럴 수 있지. 초상권은 중요하니까! 주위를 둘러보니 생각보다 장비가 본격적이다. 뭐 그럴 수 있지. 규모 있는 회사잖아. 아무렴, 배민

SNS에 아무거나 올릴 수 없겠지! 간단한 인터뷰인데도 굉장히 오래 질문하고 찍어주시네. 열심히 일하는 직장인의 모습은 역시 멋져…. 가벼운 마음으로 입을 열심히 털었다. 치믈리에 시험에 추천할 사람을 물어보는 질문에 친동생을 이야기하며, 같이 먹은 짬바가 있으니 잘할 거라고 대답한 기억도 난다. 오늘의 인터뷰 영상은 필요할 때(ex. 취업이나, 취업이라든가, 취업 등에) 꼭 써먹어야지 생각하면서. 대망의 상장 수여를 위해 배달의민족 대표님이 등장하였고 상장을 전달받는 장면까지 꼼꼼히 찍었다. 그렇게 가볍게 끝내고, 가볍게 잊고 지냈다.

해당 인터뷰 영상을 제작하는 곳이 서울 시내버스에도 송출되는 막강한 채널이었다는 것은 2차 연락 파티가 시작되고 나서 깨달았다. 어쩌겠나. 이미 엎질러진 물인걸. '나 저 사람 아는데'류의 신상털이 댓글들이 등장하고 지인의 딸과 친구의 형제자매까지 범위를 가리지 않고 알아본다는 점에 놀랐다. 나 인맥왕이었어? 역시 죄짓고 살면 안 된다. 몰래 짓자. (응?)

무엇보다 “치킨은 생각보다 살이 덜 쪄요, 피자가 더 쪄요.” 한마디가 어그로를 제대로 끌었다. 댓글마다 이 사람 저 사람을 죄다 태그하며 댓글 창은 그야말로 콜로세움 한복판이 되었다. ‘피자를 후려치는 이유가 무엇이냐.’ ’치킨집의 사주를 받았을 것이다.’부터 ‘치킨은 덜 찐다더니 본인은 쪘네.’라는 외모 평가 댓글까지. 하지만 아무리 토론한들 피자가 밀가루고 치킨은 닭고기인 점이 변하는 것은 아니다. 치킨은 단백질, 피자는 탄수화물. 이리 과학적인 주장을 해도 내가 좀 쪄 있다는 이유로 믿어주질 않는다니. 지동설을 주장한 코페르니쿠스의 심정을 조금이나마 이해할 수 있었다. 우리가 아무리 댓글로 싸워도 지구는 돌고 치킨이 피자보다 덜 쪄요!

오랜만에 해당 영상을 다시 보려니 시공간의 불가사의한 틈으로 과거의 나를 만나는 〈인터스텔라〉처럼 화면 속의 나를 향해 ‘제발 그만 말해….’라고 외치고 싶은 민망한 심경이었지만, 다시 봐도 틀린 말이 하나 없다는 것에 또 자부심을 느껴버리는 나. 인간의 욕심은 끝이 없고 같은 실수를 반복한다.

덕후 특: 벅차오름

오늘 우리가 만난 이 자리에서 씹고 뜯고 즐길 대화의 주제를 정하는 것은 생각보다 만만한 일이 아니다. 상대의 관심사에 부합하는지, 나만 혼자 신나서 떠드는 건지, 누군가는 마지못해 대화에 참여하고 있는지 살펴야 할 필요가 있으니까. 더군다나 나의 경우, 나 잘난 맛으로 살아온 어린 시절의 영향으로 유독 혼자 신나서 떠드는 경우가 많았음을 고백한다. 처음 이를 깨닫고 반성했던 사건은 '맨스플레인'이라는 단어를 배운 동생이 대뜸 '미정스플레인'이라며 나의 대화 습관을 지적했을 때였다. 맨스플레인이라는 개념을 대학 시절 처음 접하고 치를 떨었던 나인데, 똑같은 짓거리를 하고 있었다니. 나름 충격을 받았으나 차마 반박하지 못했던 것은 마지막 양심 때문이었을지도…. 아무튼 미정스플레인이라는 단어야말로 나의 급발진을 멈추는 브레이크로 종종 소임을 다하고 있다.

간혹 미정스플레인으로 신나게 떠들어봐도 생각보다 수요 없는 주제가 바로 치킨이다. 전 국민이 좋아하는데 왜일까? 사람들은 깊게 파고드는 이야기들에 대체로 관심이 없다. BHC 뿌링클과 네네치킨 치즈스노윙이 어떻게 다른지, 요즘 핫한 신메뉴는 무엇인지 등등. 내게는 가장 흥미롭고 심각한 주제들임에도 말이 조금만 길어지면 대체로 지루해하거나 이렇게 반응한다. “그래, 네가 먹고 싶은 거로 먹자!” 뭐, 나쁘지는 않은데, 미정스플레인의 사기가 다소 꺾이고 마는 것이다.

그러던 어느 날, 이런 아쉬움을 풀어줄 만한 자리가 운명처럼 찾아왔다. 치믈리에 선발대회를 주최했던 배민에서 합격한 치믈리에들과 모임을 진행한다는 것이었다. 나 같은 사람들만 모인다고? 미정스플레인이 드릉드릉.

여타 모임과 다르게 인사를 나누고 각자가 좋아하는 메뉴의 치킨을 몇 가지 골라 추천한 후, 배민 관계자가 바로 주문하는 것으로 본격적인 모임이 시작되었다. 남의 돈으로 먹는 치킨이 더욱 맛있는 법. 게다가 한 마리가 아닌 여.러.마.리! 심지어 치믈리에라는 검증된 이들이 추천해준 메뉴라니. 순식간에 화기애애한 분위기가 조성되었다. 각종 바이럴 광고

사이에서 검증된 분들의 추천을 받을 다시없을 기회라는 것만으로도 의미가 차고 넘쳤다.

인터뷰와 기사를 봤다며 알은체를 해주는 분들을 마주하니 괜스레 부끄러움이 밀려와 말수가 급격히 줄어들었지만, 이윽고 도착한 치킨과 함께 본격적인 치킨 토크가 시작되자 언제 그랬냐는 듯 브레이크 고장 난 미정스플레인이 출격했다. 치믈리에 시험을 준비하면서 무엇을 했는지, 당일에 가장 어려웠던 문제는 무엇이었는지, 어떻게 풀었는지 나를 향해 질문들이 꽤 이어졌다. 피곤하고 화려한 수석의 삶. 어찌 됐건 나의 답은 같았다. "먹은 대로 최선을 다해서 풀었을 뿐인걸요." "여기도 저보다 잘 먹는 분이 계실 거예요." 교과서 위주로 공부했다며 소회를 밝히는 수능 만점자들의 재수 없는 소감처럼 느껴지는가. 당신의 기분 탓이리라. 홀로 참가한 시험이었기 때문에 자세한 후기를 공유할 기회가 없었을 뿐. 같은 공간에서 같은 시험을 치른 동지들과 만나니 그저 반가울 따름이었다고요.

그리고 시작된 치킨 먹방. 운명적인 굽네치킨

핫갈비천왕과의 만남이 성사되었다. 굽네 갈비천왕의 프로모션은 유명 연예인을 기용하여 성대하게 이루어졌고, 바이럴을 포함한 주변인의 진짜 후기도 많았기에 나 역시 진작에 영접했었다. 이쯤에서 팩트 체크! 굽네와 또래오래는 순살치킨으로 다리살만을 사용하는 프랜차이즈다. 그러나 '바삭함'을 치킨의 미덕 중 최고로 삼는 나에게 튀김옷이 없는 굽네치킨은 항상 열외였다. 튀김옷이 없는 치킨은 유난히 작게 느껴지고, 보기만 해도 심적으로 허기가 느껴져서… 더구나 순살이 뼈보다 4천 원가량 더 비싸기 때문에 내게 굽네 순살은 특별한 날에, 혹은 배부른 날에만 접하는 특식이었다.

게다가 맵찔이의 치킨 세계에 핫갈비의 등장이라. 구미가 당기지도, 흥미가 생기지도 않았다. 물론 네네치킨 핫스파이스나 BHC 핫후라이드의 경우 내 맘속 부동의 최상위권이지만 이들의 '핫'은 후라이드라는 방파제를 두고서 혀에 부딪혀오기에 '핫'다운 '핫'은 아닌 것이다. 아무런 쿠션 없이 혀에 부딪히는 양념 계열과의 '핫'과는 본질적으로 다른 '헛'

정도일까. 새빨간 양념의 공포, 치믈리에 시험에서 핫양념 영역 치킨을 맛보고 물을 병째 드링킹한 지 얼마 안 돼 나의 맵찔 정도가 극에 달한 시기였다.

그렇게 김이 모락모락 나는 치킨을 앞에 두고서도 선뜻 손을 내밀지 못하고 있는데, 핫갈비천왕을 자신 있게 추천한 치믈리에는 요즘 이것만 먹는다며 초롱초롱한 눈빛으로 나를 바라보는 것이 아닌가. 나는 함께 배달 온 콜라들의 양을 빠르게 스캔한 후, 큰맘 먹고 그가 보는 앞에서 핫갈비천왕을 입에 넣었다.

웬걸?

매콤함과 짭짤함이 조화롭게 어울려 다리살에 최적화된 양념이었다. 우스운 말이지만 먹어보고 나서야 핫갈비천왕은 닭으로 만든 갈비 즉, 닭갈비 그 자체임을 깨달았다. 역시 치킨은 일단 먹어봐야 안다. 맵찔이의 치킨 세계가 한 발짝 넓어진 소중한 경험이었다. 굽네 볼케이노가 어려운 맵찔이들, 지코바에 가슴살이 섞여 슬픈 다리살파 치밥러들. 부디 '핫갈비천왕 순살' 일곱 글자를 기억해주세요.

내가 핫갈비천왕의 맛을 음미하는 사이, 치믈리에들 사이에서는 치킨무와 콜라는 언제 투입할 것인가에 대한 예송 논쟁•급 토론이 벌어졌다. "치킨무의 개수는 치킨 한 마리를 먹는 호흡과 맞추어 조절한다." "플라스틱을 줄이기 위해 미리 빼달라고 한다." '치킨무와 콜라는 치킨의 맛을 해치므로 마지막에 먹는다." 등등. 다양한 주장이 나왔지만 남인과 서인처럼 첨예하게 대립하진 않았다. 어떻게 먹든 "치킨은 맛있다."로 우린 하나가 되었으니까. 내내 행복했던, 치킨에 의한, 치킨을 위한, 치킨 토크의 기억. 일종의 치킨 덕후 토크를 진행한 셈이다. 덕후들의 특징은 갑자기, 자주 벅차오른다는 거라는데, 내가 계속 신나서 미정스플레인 했던 이유가 치킨 덕후라서였구나. 이제 알겠다.

• 조선 시대 현종 때 상례 문제를 둘러싸고 남인과 서인이 두 차례에 걸쳐 벌인 논쟁이다. "왕이나 왕비가 죽었을 때, 어머니나 시어머니인 대비가 상복을 얼마 동안 입는 것이 알맞은가?"가 주제였다.

치킨과 안 치킨 사이

치믈리에라고 주야장천 치킨만 먹을 거라 생각했다면 오산이다. 이 책의 주제를 '치킨' 말고 '닭'으로 바꿔야 하나 고민하게 했던 나의 최애 닭요리들을 하나씩 짚어보겠다. 닭은 어떻게 먹어도 맛있어, 정말.

닭한마리

비가 찔끔찔끔 오는 우중충한 날에는 닭한마리가 생각난다. 나 좀 추운데? 좀 기운 없는데? 이럴 때를 요약하는 네 글자가 바로 '닭한마리'다.

닭한마리야말로 한국인의 완벽한 코스 요리 아닐까. 단백질인 닭으로 시작해 탄수화물인 칼국수 면을 곁들이고 죽까지도 즐길 수 있다. 뽀얀 흰색 국물에 끓어오르는 닭 조각을 건져 겨자 소스와 갖은 양념을 버무린 부추를 척 올려 한입. 절로 기운이 솟아나는 것만 같다. 닭한마리를 처음 보는 사람들은 단출하게 파 몇 개가 둥둥 떠 있는 국물을 보고 당황하기 마련이다. 하지만 그 상태로 국물을 한입 떠먹으면? 아, 이거구나 하는 것이다. 아무리 봐도 허연 국물과 닭, 파, 감자뿐인데 어찌 이런 맛이 나는 것일까. 먹을 때마다 믿어지지 않는다. 오죽하면 미국 국무부 부장관도 레시피를 배워 갔겠나. 심지어 그의 이름은 스티브 비건. 이 무슨 운명의 장난인가? (정확히 말하면 채식주의자Vegan는 아니고, 비건Biegun이다.)

회사에 신규 입사자가 오면 나는 이때다 싶어 닭한마리집에 가자고 주장한다. 한국식 코스 요리를 완벽히 즐기고자 한다면 세 명 이상의 파티원이 구성되어야 하기 때문이다. 이는 철저히 경험에 의한 것인데, 언젠가 혼자서 호기롭게 반 마리에 도전했다가 칼국수까지만 겨우 먹고 복통으로 다음 날까지 고생을 했다. 역시 닭한마리니까 적어도 두 명 이상은 되어야 한다.

삼계탕

종각에 간다면 '백부장'이겠지만 더 위쪽 서촌

을 지난다면 '토속촌'을 들러줘야 한다. 토속촌은 워낙 유명한 집이어서 설명이 필요 없을지도 모르겠다. 복날마다 길게 줄 서 있는 사진이 올라오는 바로 그 삼계탕집이다. 코로나 전에는 해외 관광객으로도 문전성시를 이뤘었는데, 생각해보니 역병의 습격 이후 들러보지 못했다.

토속촌은 나의 든든한 치킨 서포터인 셋째삼촌의 단골집이다. 내가 대학을 입학했을 때도, 졸업했을 때도 삼촌이 식구들을 이끌고 토속촌에서 삼계탕을 사주셨다. 같이 나오는 인삼주를 모두 모아 삼촌에게 드리면, 삼촌은 그걸 삼계탕에 부어 휘적휘적 섞어 드셨다. 삼계탕의 꽃은 인삼일 텐데 편식왕인 나는 꼭 삼을 뺀다. 그것도 삼촌 뚝배기로 고스란히 들어갔다. 산삼배양근 삼계탕이 따로 있을 만큼 자신 있어 하는 집이니 분명 엄청 좋은 삼일 테지만 그래도 싫다. 닭을 한 마리 다 먹는 것만으로도 보양은 이미 충분하니까. 역병이 잦아들면 이번엔 내가 삼촌을 모시고 토속촌에 가서 산삼배양근이 든 비싼 삼계탕 한번 사드려야겠다. 그리고 내 삼까지 몰래 넣어드려야지.

개인적으로 삼계탕이야말로 외식이 절실한 메뉴라고 생각한다. 집에서 만드는 삼계탕은 전문점 퀄리티를 따라잡기가 힘들다. 통닭을 조리하기가 힘들어서인지, 약재 조절이 어려워서인지는 몰라도. 아! 그것보다 더운 여름에 불 앞에서 땀 뻘뻘 내며 끓이느니 나가서 먹는 편이 낫지. 복날에 맛있게 먹고 싶다면 복날 아닐 때도 먹어서 응원을 잊지 말아야 한다.

찜닭

로제, 트러플크림, 베이컨무스 등등 '난리 났다 찜닭 가문' 자막을 콱콱 넣어주고 싶은 찜닭은 또 어떤가. 예전엔 봉추찜닭 아니면 안동찜닭뿐이었는데…. 추억하면서 눈물을 훔쳐본다. 쓰레기가 나오는 게 싫어서 치킨과 피자 말고는 다른 배달 음식을 그리 선호하지 않는 터라 아직 신세계 찜닭들은 접해보지 못했다. 그런데도 치킨 말고 다른 닭 요리 중 가장 자주 먹는 것이 바로 찜닭이다.

특히 나는 봉추찜닭의 충성 고객이다. 회사 가까이에 매장이 있어서이기도 하지만, 짭짤하면서도 매콤한 간장 소스의 맛이 매번 만족스럽다. 나에게 납작당면의 존재를 처음 알려준 곳이기도 하다. 당면이 어찌나 맛있었는지… 따라 사봤다가 충분히 불리지 않는 바람에 질겅질겅 씹을 수 없는 껌을 잔뜩 만들었던 슬픈 기억이 있다. 봉추찜닭의 시그니처인 놋수저로 동치미 국물을 떠먹으며 역시 닭과 무 조합은 진리라는 점을 되새긴다. 기본 찜닭과 뼈 없는 찜닭, 딱 두 가지 메뉴만을 우직하게 판매하는 점도 마음에 든다. 많은 매장을 방문했지만 누룽지 판매 여부 말고는 지점별로 맛 차이를 크게 느낀 적이 없어 믿고 들어가는 곳이기도 하다. 아마 내가 매장에 방문해서 갓 나온 걸 먹기 때문일 수도 있을 것이다. 찜닭을 해치우고 누룽지를 시켜 국물에 비벼 먹는 것이 별미 중의 별미인데, 이걸 사촌에게 추천했더니 바삭한 누룽지인 줄 알고 다섯 개를 주문시킨 안타까운 사고도 있었다. 참고로 봉추찜닭의 누룽지에는 참기름과 김가루, 김치 등이 섞여 있다.

깐풍기

탕짬면, 탕볶밥은 있는데 왜 깐짬면, 깐짜면은 없을까? 탕수육에 가려진 깐풍기파들이여! 들고일어날 때다! 맵기가 복불복이라 맵찔이인 나는 선뜻 손을 대지 못하고 살짝 망설이지만, 그래도 언제나 맛있는 요리다. 깐풍기의 부흥을 위해서는 아무래도 깐풍기파들의 행동력이 필요하다. 회식할 때 눈치 없이 “전 깐풍기 좋아하는데요.” 하고 시치미를 뚝 떼면 좋겠지만, 역시 회식은 안 하는 게 제일 좋다. 돈 버는 제가 알아서 사 먹겠습니다!

간장 소스에 샐러드를 곁들여 같이 먹는 유린기도 빠질 수 없다. 서양에 케이준 샐러드가 있다면 동양엔 유린기지, 암. 채소도 (조금이지만) 먹어요~ 하는 생색은 덤. 햄버거에 들어간 양상추 정도지만 먹는 게 어디냐 말이다.

깐풍기, 유린기의 장점이 그뿐이랴. 어른들을 모시고 가는 격식 있는 외식에 치킨집은 다소 가벼우니 고급 중식당 JS가든을 자주 간다. 가격이 부담스럽지만, 눈을 돌려 북경오리의 가격과 비교하면 마음의 안정을 되찾고 가벼운 마음으로 시킬 수 있다.

편의점 치킨

깐풍기-유린기 풀코스로 지갑이 탈탈 털린 우리에겐 가성비 간식 편의점 치킨이 있다. 따지고 보면 만들어져 있는 치킨을 바로 살 수 있는 치킨집이 주변에 많지는 않다. 나에게만 적용되는 머피의 법칙인 걸까. 패스트푸드점에서도 따로 살 수 없는 넓적다리 부위를 조각으로 살 수 있는 것만으로도 편의점만의 메리트가 있다. 브랜드별 차이가 크지 않고 비슷한 형태의 치킨을 팔고 있는데, 굳이 따지면 미니스톱의 매콤넓적다리가 1위. GS25의 핫할라피뇨 치킨도 깔끔하게 매워 당기는 맛이다.

편의점 치킨은 전자레인지에 데워도 맛있지만, 집에 와서 에어프라이어에 잠깐 돌리면 큰 노력 없이 갓 튀긴 바삭한 치킨을 맛볼 수 있다. 코로나 전에는 입이 심심하면 한 조각 사서 뜯어 먹으며 길을 돌아다니기도 했는데. 아, 옛날이여.

가성비라면 한솥도시락의 치킨박스도 빠질 수 없다. 다들 치킨마요만 열심히 먹고 치킨박스에는 관심을 주지 않던데, 주목하자. 한솥의 치킨은 짭짤하면서 튀김옷이 얇은 가라아게 스타일인데, 우리 집이 솥세권이 아니어서 다행이라는 생각이 들 정도다. 가까이 있었다면 최소 이틀에 한 번은 사 먹었을지도. BHC처럼 너겟 같은 순살을 판매하는 브랜드는 있어도, 가라아게 느낌의 순살을 취급하는 치킨 프랜차이즈는 이곳이 유일하다.

패스트푸드점 치킨

편의점에서 치킨을 팔기 전에는 조각 치킨을 먹으려면 패스트푸드점에 가야 했다. 사실 버거도 웬만해선 치킨 패티인 걸 고르게 되는데 버거킹에서는 통새우 와퍼? 콰트로치즈 와퍼? 다 모르겠고 롱치킨버거를 줄곧 사 먹어온 게 바로 나다. 사이드로 바삭킹을 시키면 나만의 치킨 세트 완성. 맥도날드는 예상대로 당연히 상하이스파이스치킨버거 세트. 패티가 점점 종잇장이 되는 것 같지만… 빵이 리뉴얼 된 후엔 그래도 먹을 만하다. 맥치킨도 가끔 간식으로 먹지만 맥너겟은 잘 안 먹게 된다. 너겟은 아무래도 반찬 같다는 점. 뭔가 김치를 먹고 싶어진달까.

KFC에서는 저녁 9시 이후 방문 시 치킨을 원 플러스 원으로 제공하는 치킨나이트 행사를 애용한다. 매달 1일은 무려 온종일 원 플러스 원이다. 몇 년 전부터 공격적인 할인과 신메뉴 출시를 병행하고 있는 KFC. 애초에 타 브랜드보다 큰 닭을 사용하는 데다가 오리지널, 크리스피라는 막강한 구성에 다리살을 사용해 고급화한 블랙라벨이 자리를 잡으면서 경쟁력을 갖췄다. 흰색 슈트에 나비넥타이와 지팡이가 시그니처인 켄터키 할아버지, 아니 커넬 할아버지의 오리지널 치킨은 어릴 땐 몰랐지만 커서 먹으니 대체재가 없는 느낌이다. 튀김옷이 두껍거나 엄청난 게 들어간 것 같진 않은데 후추의 매콤함과 짭짤함이 야들야들한 살과 기가 막히게 어우러진다. 이십대까지만 해도 무조건 바삭한 크리스피 치킨을 골랐었는데, 소소하지만 나의 입맛도 바뀌고 있나 보다.

KFC가 가장 좋은 이유는 버거 쪽도 치킨 패티

가 메인이기 때문이다. 징거버거와 타워버거가 여전히 양대 산맥을 이루고 있고, 여기에 징거더블다운버거가 등장해 버거계에 지각변동을 일으켰다. 빵이 아닌 치킨이 위아래를 떠받치는 모양새에 많은 사람이 당황했겠지만 나는 바로 매장으로 달려갔다. 바삭한 치킨이 베이컨과 치즈, 후추, 마요 소스를 감싸고 있는 모양새. 공격적인 튀김옷에 입천장이 좀 까져도 맛은 감격 그 자체다. 지금은 징거더블다운맥스버거로 업그레이드되면서 해시브라운과 살사소스, 치즈, 베이컨이 추가되었다. 사실 이 버거가 처음 나왔을 때 느끼할 것 같다, 과하다, 치킨은 따로 먹겠다 등 부정적인 반응도 많았다. 하지만 2013년 출시 이후 벌써 10년째, 블랙라벨 버전까지 절찬 판매 중인 것이 참으로 기특한 일이 아닐 수 없다.

파파이스를 보면 무조건 들어가야 하는 이유

왜 날 두고 가시나.

2020년 연말 파파이스가 한국에서 철수했다. 파파이스 지점 현황을 외우고 다니던 나에게는 하늘이 무너지고 땅이 꺼지는 슬픈 일이었다. 파파이스는 2000년대 초 KFC보다도 더 많은 220여 개 매장을 운영하는 저력을 보였으나, 2009년엔 110여 개, 2020년 철수 시에는 전국에 10여 개의 매장만이 남게 되었다. 그러다 보니 이따금 파파이스 홈페이지에 접속해 아니 여기도 없어졌단 말이야? 하고 놀라는 것이 일상이 된 터였다. 그런데 하늘이 무너져도 솟아날 구멍은 있다고 했던가. 파파이스가 돌아온단다.

파파이스는 나의 어린 시절이 녹아 있는 곳이다. 한 달에 한두 번, 엄마 손 잡고 파파이스에 가는 날을 어찌나 기다렸는지. 추억의 유물이라서 좋아한다고요? 틀렸다. 내가 파파이스의 지점 목록을 외우고 다닌 것은 거의 2019년도까지 계속되었는데, 파파이스 치킨이 너무 맛있었기 때문이다.

생닭은 중량에 따라 호수를 구분하는데 5호는 500g, 6호는 600g, 10호는 1kg이다. 따라서 1.7kg의

닭은 17호가 된다. 대략 소(5~6호), 중소(7~9호), 중(10~12호), 대(13~14호), 특대(15~17호)로 구분하는데 5~6호의 작은 닭들은 주로 삼계탕집으로 가고 6~9호는 치킨집, 10호 이상은 닭볶음탕 용으로 나간다. 작은 닭들은 살이 연하고 부드러운 대신 육향이 부족하여 국물맛을 내기에 부적합해서 그렇다고 한다. 일반적인 치킨 브랜드가 주로 사용하는 닭은 10호 정도로, 1kg 내외이다. 두 마리 치킨의 경우 8호를 주로 사용하고 파파이스나 KFC는 대자로 분류되는 12~13호를 사용한다. 숫자로 볼 때는 큰 차이가 없다 해도, 조각조각 나누어 튀김옷을 묻히고 튀겨내면 그 크기 차이가 더욱 도드라진다. 이것이 파파이스에서 치킨 두 조각에 사이드 메뉴, 음료로 구성된 싱글 세트만 먹어도 아주 든든하게 한 끼를 해결할 수 있는 이유다.

파파이스는 같은 튀김옷에서도 마일드와 스파이시라는 두 가지 선택지를 제공한다. 맛에 따라 다른 튀김옷을 입히는 타 브랜드와는 차별화된 지점이다. 마일드 치킨은 밍밍한 맛이 아닌 특유의 고소한 맛이 극대화된 메뉴다. "후라이드는 원래 고소하지 않아?"라고 되묻는 이들에게 제발 먹어보라 하고 싶은데 이제 그럴 수가 없네. 2010년 이후로는 요식업계 전반에서 매운맛을 선호하는 경향이 강해진 탓에 마일드 옵션을 없앤 매장이 생기기도 했다. 하지만 이 마일드 치킨의 존재가 기본에 충실한 파파이스의 아이덴티티에 가장 부합한다고 생각한다. 수석 치믈리에 선정, 가장 다시 먹고 싶은 메뉴 1위 되시겠다. 2위는 세상 어디에도 없는 짱짱 부드러운 버터밀크 비스킷.

1620년경 프랑스 출신으로 캐나다 아카디아 지역에 정착했던 이들이 1755년 영국인들에 의해 미국 루이지애나로 강제 이주당했다. 그 후 풍부하지 않은 재료로 조금이라도 맛있게 먹기 위해 각종 향신료를 듬뿍 넣어 맛과 향을 강하게 만든 것이 뉴올리언스 지방에서 탄생한 케이준 스타일이다. 재료의 맛을 살리기보다는 마늘, 양파, 칠리, 후추, 겨자 등을 이용해 양념의 맛을 극대화한 케이준 스타일을 계승한다는 파파이스답게 당연히 스파이시 치킨도 맛있다. KFC 크리스피 치킨와 비교했을 땐 덜 짜고 더 매콤한 느낌인데, 멀쩡한 음식에 괜히 불닭 소스를 뿌리고 고춧가루를 팍팍 치는 한국인들의 입맛과 잘 맞을 수밖에.

이렇듯 훌륭한 파파이스 치킨의 가장 만족스러웠던 점은, 큰 닭을 사용하는 만큼 각 조각의 크기가 큰데도 가슴 퍽퍽살마저 육즙이 가득해 부드럽게 느껴진다는 것이다. 흥건한 기름이 아닌, 살에서 배어 나온 진짜 육즙의 촉촉함을 느껴본 적이 있는가? 오죽하면 매장에 "치킨에서 나오는 건 기름이 아닌 육즙입니다."라고 써 붙여놓기도 했다. 다양한 요소가 영향을 끼치겠지만 대체로 치킨의 가장 이상적인 상태를 가정했을 때, 파파이스만 한 퀄리티를 내는 브랜드가 흔치 않았다. 매장이 없어진다고 징징댔는데 브랜드가 없어진 건에 대하여.

파파이스는 사라졌지만 같은 뿌리를 가진 맘스터치는 싸이버거를 무기로 안정적으로 자리 잡았다. KFC는 치킨나이트 행사를 하며 원 플러스 원이라는 공격적인 마케팅을 하고 있고, 맥도날드도 BTS와의 협업 등 다양한 스케일의 행사를 펼쳤다. 치킨집은 말해서 무엇할까. 중저가 프랜차이즈 치킨 브랜드도, 동네 치킨집들도 수없이 생겼다가 수없이 사라진다. 이제 치킨을 판매하지 않는 편의점을 찾기가 더 어렵다. 마음만 먹으면 24시간 언제나 먹을 수 있는 치킨 월드에서 파파이스는 다시 돌아와 살아남을 수 있을까.

이 페이지를 빌려 구차하게나마 읍소해본다. 길을 걷다 파파이스가 보인다면 일단 들어가자. 다시 들어가고 싶어도 못 들어가는 순간이 찾아올 수도 있으니, 망설이지 말고 문을 열고 들어가도록 하자. 마일드 치킨이 제공되는지도 한번 확인해보는 것이 좋겠다.

파파이스의 새로운 정책이 어떻게 바뀔지는 모르겠지만 미리 제공 시간을 확인하여 따끈한 음식을 받되 약속에 늦지 않도록 미리 체크하는 것을 잊지 말자. 패스트푸드점이지만 치킨을 시키면 15~20분을 기다려야 한다는 점에서 왜 파파이스에 들어가기가 점점 힘들어지는지 수긍하게 됐다. (바로 나온 치킨을 받으면 불타고 있으니 3분 정도는 식히는 것도 잊지 말자.)

종종 들렀던 KTX 광명역 파파이스 매장에서는 사람들이 치킨이 아닌 버거를 사 가는 경우가 많았는데, 매번 안타까운 마음을 금할 수 없었다. 조금만 더 일찍 오셔서 따끈한 치킨을 받아 가시지…. 파파이스는 치킨이 맛있단 말이에요…. 시선을 거둘 수 없어 하염없이 바라만 보던 그 여자가 바로 나예요.

이제 KTX를 타러 가면 괜히 파파이스가 있던 곳을 살펴보는 버릇 아닌 버릇이 생겼다. 아무튼 연말쯤 국내에 다시 매장을 연다는 파파이스는 직영점부터 시작해 10년 내 330개 매장을 내는 것이 목표라는데, 괜찮을까? 걱정 반 기대 반. 옆 동네 쉐이크쉑은 벌써 지점이 몇 개라더라. 다른 집 자식들과 비교하며 잔소리를 얹는 엄마의 심정을 이해하게 되는 건 무슨 일인지. 한국에 파파이스가 다시 생기는 날 오픈런을 뛰러 가고 싶다. 오기만 해라. 돈쭐을 내줄 테니.

제껴라 제껴라 제껴라

2020년 3월. 대한민국 800만 국민이 염원하던 교촌치킨의 베스트셀러인 레드 시리즈와 허니 시리즈를 한 번에 먹을 수 있는, 그 이름도 찬란한 '레허반반'이 출시되었다. 한정된 자원에서 더 많은 효용을 얻고자 하는 인간의 염원이 승리한 2020년의 쾌거였다. 순살만 팔고 콤보나 오리지널을 팔지 않는 점은 아직 얄밉지만.

요즘 치킨 브랜드들은 너나없이 간장 베이스의 윙 치킨을 주력 메뉴로 밀고 있는데, 네네치킨 소이크런치 윙봉, BHC 골드윙 등이 그렇다. 얼마 전에는 중화풍 치킨을 표방하면서 맘스터치 치파오, BHC 치하오 등이 줄줄이 출시되었다. 불고기, 짜장, 커피, 로제 등 다양한 음식과의 결합 시도부터 이제는 클래식이 된 시즈닝 팍팍 뿌려진 신메뉴들까지, 특별한 대세 없이 개성적인 시도가 쏟아져 나오는 분위기다. 아직 치킨이라 하면 후라이드와 양념 반반이 자동으로 떠오르기 마련이지만 그 속에서 유행은 꽤나 급변해온 것 같다.

나의 초등학생 시절은 그저 페리카나 양념치킨

뿐이었다. 페리카나 양념치킨은 지금 먹어도 여전히 맛있다. 개인적으로는 페리카나의 양념치킨을 여전히 최고라고 치는데, 맛있는 게 많이 없던 그 시절에는 얼마나 눈물나게 맛있었는지 이루 다 말할 수 없다. 어쩌다 지나는 길에 학교 운동장을 보면 아직도 운동회날 옹기종기 모여 돗자리를 깔고 양념치킨을 뜯던 친구네 가족들이 떠오른다. 맞벌이 부모님의 운동회 참석은 언감생심 기대도 없었고 섭섭한 적도 없었지만, 모여 있는 가족들보다 그들이 모여서 뜯고 있는 치킨이 나를 참 괴롭게 했다.

반반도 아니고 정확히 양념통닭. 수분을 머금어 흐물흐물해진 허술한 종이 상자와 삐져나온 포일, 노란 고무줄 포장. 2000년대 전국의 치킨집을 불나게 했던 MBC 드라마 〈회전목마〉 속 '통닭 수애'라는 전설적인 사료가 유튜브에 남아 있어 지금까지도 옛날 양념통닭의 존재와 느낌을 200% 정확하게 전달받을 수 있다. 양념통닭을 허겁지겁 맨손으로 뜯어 먹는 명장면, 명연출, 명연기의 3박자가 어우러진 이 짤이 NFT로 판매된다면 상당한 가치가 있지 않을까. 분명 후대에도 중요한 자산이 되리라.

중학생 무렵엔 동네에 바비큐 치킨이 한창 유행했다. 브랜드로 따지면 지금의 훌랄라치킨과 비슷한 느낌인데, 촉촉하게 구운 닭고기와 떡국떡, 채소가 버무려져 있어 은근 웰빙 식품 같은 착각이 든다. 웰빙이라니 갑자기 예스러움을 감출 수 없다. '헬조선'이 찾아오기 전 '웰빙'이라는 단어가 대한민국을 휩쓸었었고 그즈음 주 5일제가 시작되고 놀토가 생겼다. 한 달에 한 번, 격주로 한 번, 점차 토요일을 쉬는 날로 만들어갔는데 지금 생각하니 도무지 이해가 안 간다. 어떻게 학교를 6일 동안 다녔을까. 나는 5일 출근에도 피곤하다며 징징대는데 대체 엄마는 어떻게 6일을 꼬박 일하면서 나와 동생을 데리고 이곳저곳을 놀러 다닌 걸까. 심지어 파파이스에서 치킨도 먹었다. 엄마 최고 리스펙트.

놀토에 익숙해질 즈음엔 즉석에서 바로 튀겨주는 5천 원대 오마이치킨이 등장했다. 지금으로 치면 둘둘치킨, 보드람치킨처럼 얇은 튀김옷 치킨계의 친척쯤이려나. 그야말로 문전성시를 이룰 정도로 대박이었다. 재밌는 점은 다들 한 번에 두세 마리씩 사갔다는 것. 우리집도 물론이다. 이때도 BBQ는 만 원을 넘었지 아마. 파격적인 가격에 호프집 스타일의 치킨을 당당히 먹을 수 있어서 나도 용돈을 모아 사 먹었던 기억이 난다. 2005년에는 BBQ가 올리브유 선언을 하면서 황금올리브 치킨이 탄생했는데, 이때부터 치킨 브랜드 사이에서 어느 기름을 쓰는지가 마케팅의 주제가 되었다.

교촌, BHC, 네네 등 다양한 브랜드들이 세력을 넓히며 치킨의 가격도 다 같이 올랐다. 그중 기존의 양념 문법을 벗어난 교촌치킨의 간장치킨은 여러모로 센세이션이었다. 닭이 너무 작은데, 너무 맛있었다. 뭐 지금과 크게 다르지 않은 감상인 듯하다. 네네치킨은 핫스파이스와 마일드를 구분해서 판매하며 아이스크림이나 콘샐러드 같은 인상적인 곁들이를 안정적이고 깔끔한 상자에 보내주었다. 생전 못 보던 치킨들이 생기고, 쏟아지는 새로운 맛에 신나던 시기였다. 그리고 혜성처럼 등장한 굽네치킨. 소녀시대가 불렀던 "굽굽굽네를 원해~" 노래 기억하시는지? 다들 달력을 받기 위해 전화기 앞으로 달려갔지만 나는 아니었다. 구웠는데 맛이 있겠어? 건강한 맛에 대한 불신이 발동했다. 그렇게 굽네를 영접하지 못하다 베이크 시리즈가 나오고 나서야 만났다. 바야흐로 치킨의 브랜드화. 티브이에서도 심심치 않게 치킨 광고를 볼 수 있게 된 시기였다.

독보적으로 비싼 BBQ와 여타 치킨집의 가격 구도는 점차 광고에서 치킨을 자주 볼수록 다 같이 비싼 치킨집들로 바뀌어갔다. 이때 비싼 가격에 의문을 던지며 남한에서 제일 맛있는 치킨이라는 부어치킨이 등장했다. KFC의 비법을 가져왔다는 당돌한 캐치프레이즈와 5,000원이라는 가격으로 존재감을 드러냈는데, 이후 치킨마루와 경쟁 구도를 형성하기도 했다.

이윽고 양으로 승부를 보겠다는 호식이두마리치킨, 티바두마리치킨이 등장했고 한 마리로는 부족했던 가정의 열렬한 환영을 받았다. 한 마리 가격에 두 마리가 온다는 혁신에 우리집도 열심히 시켜 먹었다. 아직도 호식이는 매운간장으로 한 자리를 차지하고 있으니 잘 만든 시그니처 메뉴가 평생 간다. 땅땅치킨의 3번 세트도 대단했지. 구운 치킨과 튀긴 치킨을 함께 먹을 수 있는 조합이라니! 두 마리 치킨의 유행은 한 마리 저가 치킨들의 가격 상승과 맞물렸는데, 이때 치킨 역사에 길이 남을 사건이 하나 벌어진다.

한 마리 5,000원 치킨의 재등장. 2010년 말 롯데마트에서 내놓은 통큰치킨이다. 기존 치킨집에 대한 가격 도전과 넉넉한 양을 자랑하며 등장한 PB 상품. 저가보다 더 저가, 고가보다는 많은 양을 내세우긴 했지만 직접 찾아가야 하는 점, 맛에 대한 기대치가 낮았던 점 등으로 인해 나는 다소 느긋한 입장이었으나 프랜차이즈 점주들의 시위가 롯데마트 불매운동으로까지 번지면서 통큰치킨은 일주일 만에 판매가 중단되었다. 그러자 통큰치킨이 있는 지역을 부러워하는 통세권 분석, 인기 드라마에 자막을 달아 통큰치킨을 살려내라는 패러디가 쏟아져 나왔고, 롯데마트에서는 역마진은 아니라는 입장을 밝히면서 치킨 원가 논란이 뜨겁게 불거졌다. 정치권까지 소상공인 보호라는 명목으로 논란에 참여하면서 진화에 나섰는데, 알겠지만 펄펄 끓는 기름에 물을 부으면 어떻게 되겠는가. 가만히 두면 사그라들었을 것을, 괜히 치킨 값이 얼마나 비싼지만 모두 알게 되는 계기가 되었다.

이때의 논란이 안 좋은 것만은 아니었다. 통큰치킨이 사라진 후, 통큰치킨이 치킨의 가치를 떨어뜨렸다며 저격을 일삼은 BBQ마저 원가 절감을 통해 치킨 값을 인하했다는 카피로 광고를 낼 만큼 눈치를 보게 만들었으니까. 폭주하는 치킨 값에 제동을 걸었다는 데 큰 의미가 있었다.

덕분에 천정부지로 솟던 치킨 값이 어느 정도 정체기를 가지게 되어 만족스러운 치킨 생활을 이어갈 수 있었다. 2010년은 소셜커머스가 처음으로 등장한 시기이기도 했는데 이때 밤 12시마다 티몬, 위메프, 쿠팡, 그루폰 등 홈페이지를 돌아다니며 치킨 쿠폰을 열심히 사 모으기도 했다. 눈에 담아뒀던 브랜드가 뜨면 거리가 멀어도 일단 지르고, 찾아가서 치킨을 맛봤다. 고작 치킨 하나 먹겠다고 먼 길을 가냐는 핀잔을 자주 들었지만 그 덕에 치킨의 세계를 넓힐 수 있었다. 네네치킨 하면 핫스파이스를 외치던 나였지만 치즈스노윙의 인기로 생소한 가루치킨을 접한 것도 이 시기다. 치즈와 양념 반반의 인기도 높았다. 꿀조합을 찾으려는 사람들의 욕구는 이

때부터 시작된 걸지도. 또래오래 갈릭플러스와 핫양념 반반은 본사에서도 정식으로 홍보할 만큼 대단한 인기였다. 맵찔이인 나는 핫양념을 잘못 시켰다가 한 조각을 미처 다 못 먹고 물 한 병을 비워야 했지만…. 개인적으로 또래오래 갈릭플러스 치킨을 갈릭 디핑 소스에 찍어 먹으면 그렇게 맛있을 수가 없다.

그리고 2013년에서 2014년으로 이어지던 겨울, 치킨 역사에 빼놓을 수 없는 SBS 드라마 〈별에서 온 그대〉. 통큰치킨 이후로 이때만큼 뉴스에 치킨이 자주 나온 적이 없었다. 대륙을 흔든 치맥의 인기! 드라마의 흥행과 전지현의 인기에 힘입어 별코치치킨 같은 신메뉴도 나왔다. 하지만 나는 당시에도 BHC 핫후라이드 외길을 묵묵히 걸었다. 그리고 마침내 그해 11월, 대망의 뿌링클 등장. 치즈볼로 소소하게 입소문을 타던 BHC가 뿌링클로 이른바 초대박이 났고 시즈닝 치킨은 새로운 클래식 장르로 자리를 잡았다. 후라이드보다 더 많이 팔렸으니 패러다임을 바꿨다고 감히 말해본다. 가루를 뿌리는 것에 그치지 않고 새콤달콤한 맛이 꼭 요거트 같은 뿌링뿌링

소스가 함께하는 건 기존에는 볼 수 없는 형태였고, 바삭클이라는 시즈닝 치킨을 위한 특제 튀김옷을 도입하는 등 마케팅과 타이밍의 승리를 거두었다고 개인적으로 생각한다. 뿌링클을 즐겨 먹는 편은 아니지만, 사이드인 뿌링치즈볼만큼은 콜팝과 함께 종종 포장해서 먹을 정도로 좋아하는 편이다.

이렇게 오래 말했는데 아직도 2014년이라니. 커다란 문어의 위용과 그 밑에 숨어 있는 치킨으로 눈길을 끌었던 문어치킨도 있었다. 애석하게도 해산물을 즐기지 않는 나로서는 치킨매니아의 새우치킨 정도만 꾸준히 먹었다. 그때 나는 카르보나라치킨으로 유명했던 뽈레치킨의 노예였다. 이게 진짜 파닭이다 싶게, 먹고 나면 이틀은 입안에서 파 향이 맴도는 거성치킨도 있었는데 코로나 이후 매장을 찾을 수 없게 되었다.

요즘은 하루에 60마리만 튀겨서 깨끗하게 보내준다는 60계치킨, 동물 복지 닭을 쓰는 자담치킨, 가마솥에 튀기는 노랑통닭 등등 브랜드 콘셉트가 확실한 치킨들이 주목받는 추세다. 최근 신메뉴 동향은 기본 메뉴의 대항마를 내놓다가 점차 별다른 상호작용 없이 새로운 시도를 하는 것으로 바뀌는 듯하다. 페리카나가 꼬들목이라는 이름으로 목을 이용한 사이드 메뉴를 내놓았고, 닭껍질 튀김으로 재미를 본 KFC는 계륵이라며 홀대받던 켄터키 치킨립을 내놓는 등 부위별로도 다채로운 시도가 이어지고 있다.

과연 이 책이 나올 때쯤은 또 어떤 치킨이 나를 기다리고 있을까. 뿌링클을 제끼고 그 자리를 차지할 넥스트 레벨 메가 히트 치킨은 언제 나타날 것인가.

"제껴라 제껴라 제껴라!"

분신을 찾아 광야를 떠도는 아이돌 에스파가 외치듯 모든 걸 삼켜버릴 인생 치킨을 만나기 위한 여정이리니. 먹지 않아도 치킨이 흥미로운 이유다.

건강을 생각한 착한 치킨

치킨 관련 인터뷰에서 꼭 빠지지 않는 질문이 바로 가장 즐겨 먹는 치킨, 가장 좋아하는 치킨에 대한 질문이다. 무슨 치킨을 가장 즐겨 먹나요? 무슨 치킨이 가장 맛있나요?

매번 다르게 답할 수 있는 이 질문에 한동안 우위에 있었던 메뉴가 바로 노랑통닭의 '엄청 큰 후라이드 치킨'이다. 후라이드의 바삭함에 환장하는 나는 어떤 상황에서도 양념보다 후라이드를 고집한다.

과자 같은 식감을 자랑하는 노랑통닭의 엄청 큰 후라이드 치킨은 한 시사 고발 프로그램에서 인공적인 염지 과정을 거치지 않는다는 모범 사례로 등장한 바 있다. 우유와 소금으로만 염지를 하는 착한 치킨이라며 화제가 되었다. 건강하고 맛있는 치킨이라니! 이 얼마나 소리 없는 아우성과 같은 모순적인 조합인지. 나의 예민한 미식 감수성은 이 부조화를 견디지 못했고, 노랑통닭은 한동안 선택에서 밀려났다. 이솝우화 속 여우는 손에 닿지 않는 포도가 맛이 없을 거라며 정신 승리를 했고, 나는 손만 뻗으면 닿는 치킨을 두고서 치킨에 건강 타령이라니 떽 쯧쯧, 하면서 기피했다.

사람들이 건강하게 살기 위해 얼마나 많은 노력을 쏟아붓는가. 그러나 나는 건강이라는 말에 괜한 반발심을 느끼는 몇 안 되는 사람이다. 내가 건강 타령에 치를 떨게 된 것은 집에 계신 분 때문이다. 아빠는 건강 염려증에 가까울 만큼 매일 운동하고, 간혹 산도 타고, 채소를 챙겨 먹겠다며 아침마다 영양소 타령을 한다. 나름 평범하고 바람직한 모습이지만 그 생활 방식을 나는 미취학 아동 때부터 한집에서 함께해야 했다. 갖은 채소들을 녹즙기에 마구 갈거나 냄비에 끓이고서는 초등생인 나와 동생에게 먹으라며 들이대던 아빠. 얼마나 싫었으면 삐뚤빼뚤 못난 글씨로 일기장에 아빠가 꿀꿀이죽을 먹인다며 성토 글을 쓰기도 했다. 다 커서 보고는 "아무리 그래도 아버님이 해주신 건데 꿀꿀이죽이 뭐니."라고 적힌 선생님의 코멘트에 폭소했지만. 얼마나 예민한 미식 감수성을 가졌었나면 단추로 만든 수프가 나오는 동화책도 싫어했다. 그때부터였을까요. 건강이라는 단어에 삐딱선을 타게 된 것이. 나이를 먹으며 건강이라는 가치의 중요성을 실감하지만, 그래도 여전히 치킨과 건강의 조합은 공허하게 들린다.

하지만 나는 친구의 꾸준한 추천을 결국 이기지 못했다. 반신반의하며 맛본 노랑통닭의 맛이 어땠냐 하면, 꽤 맛있었다. 바삭하고 자극적인 맛보다는 깔끔하면서도 고소함이 강해 물리는 느낌이 덜했다. 특히 깐풍치킨은 중화풍 치킨의 대유행 전임에도 제3지대에서 한자리 톡톡히 차지할 수 있을 만큼 특색 있고 후라이드와의 어우러짐도 적절했다. 노랑통닭을 어물쩍 인정하고 나서 홈페이지를 다시 보니 건강한 치킨이 아니라 '건강을 생각한 착한 치킨'이 정식 문구였다. 좀 더 자세히 읽어봤으면 좋았을걸. 알싸한 마늘치킨과 맵싸한 고추치킨 같은 메뉴를 낼 거라고 과거의 나에게 알려줘어야지. 그럼 조금 더 빨리 맛보지 않았을까. 그러면서 오늘도 난 깐풍치킨에 든 양파를 걷어낸다.

리뷰 이벤트에 참여하시겠습니까?

치킨 하나를 먹으러 먼 길 떠나기를 주저하지 않던 왕성한 치킨력이 최근 부쩍 줄어들었다. 이유는 배달 앱의 등장이다. 배달 앱이 주최하는 행사에서 최고의 치킨력을 인정받아놓고서는 이런 말을 하다니… 하지만 정말이다. 배달 앱이 나오기 전의 나는 두근거리는 마음을 안고 오늘 나를 기쁘게 해줄 치킨을 찾기 위해 인터넷 세상을 휘젓고 다녔다. 검색창에서 치킨 브랜드별 공식 홈페이지를 하나하나 검색하고, 메뉴를 들여다보며 블로그 후기와 메뉴 사진을 비교해보곤 했다.

이 과정에서 두세 가지 메뉴로 후보를 좁힌 후 메뉴 이름들을 같이 검색하면, 이미 고민한 사람들의 'vs' 글이 뜨기 마련이다. 댓글에서 주로 선택된 치킨이 오늘의 치킨으로 선정되는 것이다. 글까지 남겨가며 고민하는 이들의 치킨을 향한 진심을 믿기 때문. 나름 서너 단계의 까다로운 검증 과정을 통해 냉정한 기준으로 오늘 먹을 치킨을 선정한다.

이 엄격하고 공정한 선별 과정 덕분에 치킨 브랜드들의 다양한 정보를 자연스레 습득했다. 이 번거롭지만 진중한 과정을 거치면서 점차 배고픔이 극

대화되어 더욱 치킨이 간절해지고, 소중해지고, 끝내 환상적인 첫맛을 경험하게 되는 이치. 시장이 반찬이라 마침내 우리는 시장을 소환해냈습니다. 하루 먹을 치킨에 무슨 공을 그렇게 들이냐고 말하는 사람들도 있겠지만, 하루에 한 마리밖에 못 먹으니 더욱 열심히 비교하는 것이라고요.

그러나 배달 앱의 등장 이후 전단지 시대는 막을 내렸다. 심지어 듣도 보도 못했던 '배달비'라는 것이 세상에 등장하였다. 배달비가 우리에게 어떤 모습으로 다가왔는지를 돌이켜보자. 처음에는 각종 배달 앱에서 일제히 첫 구매 할인 쿠폰, 브랜드별 타임세일 쿠폰을 제시하기 시작했다. 비싼 음식을 할인해주겠다는데 마다할 사람이 어디 있으랴? 치킨값은 그 와중에도 자연스럽게 올랐으니 항상 메뉴와 후기를 먼저 살펴보던 나도 어느새 할인 쿠폰이 있는지부터 보게 되었다. 오늘은 여기가 할인! 내일은 저기가 할인! 철저한 검증 과정을 거치던 나의 치킨 엄선 지론은 할인 쿠폰 앞에서 흔들리는 갈대가 되어 이리저리 팔랑거리기 시작했다.

배달 앱이 운영하는 할인 구독 서비스까지 등장한 지금, 무차별 할인 쿠폰은 줄어들었다. 그렇담 다시 예전처럼 새로운 치킨을 찾아 나서볼까 하던 나에게 새로운 적수가 등장하였는데, 바로 별점과 리뷰 이벤트다. 후기를 확인해서 치킨집을 가려내자니, 내가 보고 있는 글이 정말 맛있는 치킨에 대한 찬사인지, 아니면 무료로 제공받은 사이드 메뉴에 대한 보답인지 도무지 알 수가 없다. 별점이 5.0이어도 내 입에 치킨을 넣어보기 전까지는 그 맛을 모르는 세상이 된 것이다. 리뷰 이벤트를 신청하지 않았는데도 '고객님을 위한 서비스~' 같은 스티커가 붙은 무언가가 올 때면 나도 이 5.0 행진에 함께 참여할 것인가 고민하게 된다. 넷플릭스 드라마 〈오징어 게임〉에서처럼 "게임에 참여하시겠습니까?" 같은 질문을 듣는 기분이다.

잘해보자고 시작한 일들이 때로 엉뚱한 방향으로 흐른다. 쏟아지는 수많은 후기들 사이에서 거칠게 이는 꼬르륵거림에 나는 여전히 괴로워하지만, 항상 맛있는 치킨만을 만날 수 있는 것은 아니다. 무

딘 성격이지만 치킨에 대한 입맛의 날만큼은 날카롭게 벼려놓은 나와는 달리, 기름에 절었거나 살이 말라비틀어졌어도, 심지어 닭이 덜 익었더라도, 공짜로 받은 떡 추가나 1.5L 콜라 때문에 별점 5.0을 주고 타협하는 이들도 세상엔 존재한다. 어쩌겠는가. 전단지 시대에도 블로그엔 업체에서 제공받은 신메뉴 후기들이 가득했는걸.

어려울 것 없다. 언제나 그랬듯 눈을 크게 뜨고 정신만 바짝 차리면 된다. 승리의 치킨으로 한 걸음 다가서기 위해.

진짜 친구 구분법

행복의 총량은 정해져 있다고 하던가. 가뜩이나 코로나로 행동반경에 제한이 생기자 더더욱 오늘 무슨 맛있는 걸 먹을까에 지대한 신경을 쓰게 됐다. 취미 생활로 바쁘던 먼 옛날(비포 코로나)엔 대충 빵과 우유로 끼니를 때워도 아쉬움이 없었는데 말이다. 사람을 만나는 일 자체도 드물다 보니 만나서 무엇을 먹을지 정하는 게 너무나 중대한 일이 되어버렸다. 사회인이 되고 예전처럼 자주 만나지 못하는 친구들과 금쪽같은 시간을 맞춰야 하는 만큼, 철저한 무계획자인 나도 어느새 계획 세우기에 동참하게 되었다. 적당한 곳, 적당한 맛, 적당한 가격 그리고 친구들의 SNS와의 적합성까지. 생각할 것이 많아진 요즘이다.

예전엔 염치도 없고 눈치도 없어서 맨날 치킨 먹으러 가자는 말을 잘도 했다. "아무거나."라는 답은 도움이 전혀 안 된다는 생각에 무조건 떠오르는 답을 뱉고 보는 것이다. 그다지 강력한 주장은 아니었고, 아무도 나서지 않는 상황을 견디지 못하는 반동의 일종이랄까. 그러면 대체로 치킨을 먹으러 가게 되었는데, 돌이켜보면 상대가 나의 답을 신경 써 주는 것이라고 전혀 생각하지 못했다. 나와의 약속이 특별한 외출일 수도 있는 이들에게 너무 무신경하고 무성의했던 것이지. 이왕이면 새로운 것, 더 맛있는 것을 선택하길 바랐을 수 있었을 텐데… 싫으면서도 진짜 싫었다면 싫다고 했겠지. 말 안 하면 모르는 사람한테는 꼭 말해줘야 한다. 나는 궁예가 아니니까.

약속이 귀해진 이제야 이런 반성(?)을 한다는 것이 웃기지만, 선뜻 말을 못 꺼내는 상대를 기다릴 눈치와 인내를 갖추게 되었으므로 앞으로 살아가면서 천천히 갚아가도록 하겠다. 언제나처럼 또 짧은 반성이다. 한평생 날 지켜본 동생 녀석은 너에게 친구가 있다는 것이 신기하다며 네 친구들은 왜 너랑 친구 하냐고 입버릇처럼 이야기한다. 애석하게도 나에겐 친구가 있을 만큼 있다.

그러던 어느 날 친구의 한마디가 문득 깊은 울림으로 다가왔다. “유가네, 같이 갈 수 있는 사이 별로 없다?" 수어지교, 지란지교, 관포지교 등등 각별한 친구 사이를 이르는 말이 이렇게나 많은데, 이날부로 나에게 막역지우란 '언제나 기꺼이 유가네로 향할 수 있는 사이'로 정의되었다. 오랜만에 만난 친구들끼리 드라이브를 하고, 핫플레이스가 즐비한 거리에서 밥을 먹고, 하루종일 돌아다니다가 해산하는 길. 그날따라 유독 밝게 빛나는 유가네 간판이 눈에 들어왔다. 즉흥적으로 저녁이나 먹고 들어가자며 친구들과 뜻을 합쳤는데 친구 하나가 대뜸 "유가네는 아무나랑 갈 수 없는 거 알지?" 하며 얘기를 시작했다. 나는 고개를 끄덕일 수밖에 없었다. 둘러앉아 같은 팬에 있는 닭갈비를 먹자니 주걱이 오가는 과정에서의 어색함은 어쩔 것이요, 앞치마를 걸치고 날아오는 기름도 피해야 한다. 무엇보다 중고등학생들이 주로 가는 곳이라는 이미지까지. 바쁜 시간 짬을 내어 가끔 얼굴만 겨우 보는 친구들에게, 우리 유가네로 닭갈비 먹으러 가자! 하기는 여간 부담스러운 일이 아니다.

학생 때 단돈 3,500원이면 닭갈비철판볶음밥

을 배불리 먹을 수 있는 곳이었다. 이따금 치즈 추가라는 사치를 부리기도 하던. 뚜껑 속에 숨어 녹아가는 치즈를 발 동동 굴러가며 기다리면서 맛있겠다며, 못 기다리겠다며, 얼마나 호들갑을 떨었던지. 직원이 조리해주는 유가네 같은 음식점은 어쩐지 손님과 직원 사이에 은근하지만 팽팽한 신경전이 벌어지는 듯하다. 매번 그냥 두자 싶으면서도 익어가는 모습을 보면 또 손을 뻗게 되고, 주걱이나 집게를 직원분에게 내어주었다가도 다시 주걱을 쥘 타이밍을 노려보기도 한다. 그러다 괜히 주걱을 우당탕 팬에 빠뜨리고서는 눈치를 보는 것이다. 아침 일찍부터 야간 자율 학습까지 매일 열두 시간씩 같이 있었으면서도 또 무슨 재미있는 일이 있다고 내내 수다를 떨고, 옷에 기름 튀었다고 징징대고, 까르르 웃기 바빴는지. 재미있는 건 그때는 돈이 있어도 닭갈비를 주문할 생각은 하지 못했다는 거다. 그런 걸 먹어도 되는지를 아예 몰랐다고 해야 하나. 닭고기가 겨우 보일 듯 말 듯 들어간 볶음밥을 만족스럽게 나눠 먹으면 마음만은 호텔 코스 요리가 부럽지 않았다. 나름의 식전 요리인 샐러드와 마카로니, 그리고 음료까지 갖출 건 다 갖추지 않았나.

글쎄 그 볶음밥이 지금은 7,000원이란다. 세월도 놀랍고 물가도 놀랍고 그 와중에 지금도 건재한 유가네가 가장 놀랍다. 치즈 닭갈비가 일본을 강타한 후 유가네 매장에도 외국인들이 가득했었는데… 다른 닭갈비를 열심히 먹으러 가는데도 유가네만의 MSG스러운 자극적인 맛에는 대체재가 없다는 것에 친구들과 나 모두 한목소리로 동의했다.

우습게도 그날부터 유가네를 같이 갈 수 있는 사이가 새롭게 감사하다. 매번 유가네에서 닭갈비에 라면 사리를 뚝딱 해치우며 볶음밥을 싹쓸이하는 소중한 친구가 있다는 게 얼마나 큰 복인지… 혼자서는 사리 추가도 볶음밥 추가도 할 수 없다. 친구가 소중한 이유다.

양념이 좋아? 후라이드가 좋아?

어렸을 때부터 왜인지 망설이는 것도 애매한 것도 너무너무 싫었다. “엄마가 좋아? 아빠가 좋아?” “짜장면이 좋아? 짬뽕이 좋아?” 결정이 힘들다고 생각되는 양자택일 질문들에도 나는 언제나 대답이 준비되어 있어야 했다. 나는 엄마가 좋고 짜장면이 좋은 준비된 초등학생이었기 때문에 망설이는 여타 아이들과는 다르다고 생각했다. 사실은 짬뽕 국물을 탐냈으며 아빠랑 친하게 지내는 다른 아이들이 부러웠는데 말이다.

초등학생 시절의 나는 세상에 존재하는 모든 규칙을 지켜야 한다고 믿었다. 궁극적인 목표는 선생님에게 칭찬받는 것. 그것이 나 자신에게 보답하는 길이라고 생각했다. 백화점 바닥을 굴러다니고, 다른 친구들의 장난감 말을 뺏어서 타고, 다른 마을까지 혼자 놀러 가서 어른들이 발 벗고 찾아다니게 했던 천둥벌거숭이 미취학 아동 시절은 거짓말처럼 온데간데없이 사라졌다.

학교라는 공간과 처음 만나본 선생님이라는 어른, 그리고 그 속의 나. 『바른 생활』 교과서는 나의 생활백서가 되었다. 엄마 말로는 친구는 없으나 없는 줄도 모르고, 선생님들한테는 예쁨을 받았으며, 재수가 좀 없는 아이였다고 한다. 어찌나 독하게 이 재수 없는 범생이 생활을 이어나갔는지, 하루는 엄마가 비디오 대여점에서 빌려온 〈팀 버튼의 크리스마스 악몽〉을 틀어줬으나 개봉 당시 12세 관람가라는 표시를 보고는 나는 12세가 아니니 영화를 보지 않겠다고 주장하며 영화가 끝날 때까지 돌아앉아 있었다고 한다. 지금까지도 난 이 영화의 내용을 모른다. 나의 취향이란 고집스럽게도 바른 것, 그저 남에게 칭찬받는 것뿐이었다.

어린애 주제에 망설일 줄도 모르고 재수도 좀 없었던 내가 변화하게 된 계기는 운동이었다. 방과후 활동으로 꽤 재밌어 보이는 스케이트를 하겠다며 나선 나는 하루아침에 빙상장에서 스케이트를 배우게 되었다. 취미로 시작한 가벼운 운동은 어느새 학교 빙상부에 소속된 선수의 훈련으로 바뀌어 있었다. 얼음 위를 달리며 속도를 내는 건 지금 생각해도 짜릿하고 즐거운 기억이지만 초등학교 저학년생에게 선수라는 이름은 엄청나게 무거웠던 것 같다. 훈련을 위해 새벽 4시쯤 일어나서 엄마가 태워주는 자전거를 타고 빙상장에 갔다. 한 시간가량의 러닝에 이어 두 시간 정도 오전 트랙 훈련 후 등교를 한 뒤, 다시 오후에 빙상장으로 가 트랙 훈련 두 시간과 지상 훈련 한 시간이라는 엄청난 스케줄을 소화해야 했다.

운동을 시작하기 불과 몇 달 전만 해도 발표를 잘하는 어린이라는 목표에 미쳐 수업 시간마다 손을 드느라 정신이 없던 나였는데, 밀려오는 졸음에 수업 시간은 꾸벅꾸벅 보내고 오전과 오후는 땀으로 흘려보냈다. 운동이라는 것이 칭찬보다는 채찍질이 앞서기 마련이었고, 스스로를 독려하며 할당량의 칭찬을 채워주어야 했음에도 나는 그러질 못했다. 수학시험에서 20점을 맞아도 그냥 그런가 보다 했다. 아침에 늘어지게 자보고 싶다, 훈련 빠지고 놀고 싶다, 생각은 하면서도 한 번도 도망치지 못했다. 힘든데, 너무 힘들어서 그만두는 걸 생각지도 못했던 그때. 발목에 두 번째로 금이 간 날, 결국 운동을 접게 되었다.

짧은 기간의 운동을 그만두고 온전한 학교생활로 돌아왔다. 평범하게 공부하고 친구들과 어울리는 생활을 하며 스스로를 옭아매던 칭찬이라는 굴레를 자연스레 벗어났다. 새벽 일찍 눈도 못 뜬 채로 일어나 훈련을 가지 않아도 되었고, 저녁엔 만화 영화를 볼 수 있었다. 그거면 족했다. 누군가에게 칭찬을 받으려고 노력하지 않아도 별다른 일은 일어나지 않았고, 칭찬받지 않아도 아무 문제가 생기지 않았다. 생각보다 큰 노력을 들이지 않아도 칭찬받는 일이 생기기도 했다. 하지만 그 칭찬 역시 별 감흥이 없었다. 여전히 나는 나였고 충분히 즐거웠다. 『바른 생활』 교과서 밖의 나도 썩 나쁘지 않았다.

지금도 애매한 건 싫고, 고민하느라 대답을 망설이는 것도 싫다. 그래서 양념이냐 후라이드냐를 묻는다면 일단 후라이드라고 대답할 것이다. 하지만 어릴 때와는 달리 한마디를 덧붙일 것이다. "양념도 좋아하고 간장도 좋아하고 다 좋아합니다." 반반? 구이? 시즈닝? 뭐든 타협할 수 있다. 정답이라서도 아니고 후라이드파의 칭찬과 지지를 받기 위해 하는 말도 아니니까. 바삭한 것이 좋아서 후라이드를 조금 더 좋아한다고 말하는 것뿐이다.

나는 (　)한 치킨이 싫어요

내가 유독 싫어하는 치킨에 관해서 얘기해보고 싶다. 여긴 좋아하는 마음을 같이 나누는 자리 아니었냐고요? 싫은 걸 잘 알면 좋아하는 것도 더 잘 알 수 있게 된답니다. 피자가 더 살찐다고 말해서 원성을 들었을 때가 살짝 스치지만, 그래도 멈추지 않을 거예요.

치맥

나는 치맥이 싫다. 이제 한류의 아이콘으로 당당한 위치를 선점한 치맥. 역병이 돌기 전만 해도 대구 치맥 페스티벌을 연계한 관광 상품마저 인기였다. 사람과 사람을 이어주는 문화로 발전하기까지 한 치맥에 대해 나는 생각이 좀 다르다.

치킨과 맥주의 조합은 맥주 회사의 농간이다. 맥주 회사의 거대 자본이 치킨에 묻어가려는 마케팅의 산물이다. 술 좋아하는 사람들은 뭘 먹어도 술이랑 먹던데요. 1등 간식 치킨과 함께 가려는 그 전략이 아주 효과적으로 먹혔다. 혼술, 홈술 이제는 경계할 때가 아닌지 주장해본다. 알코올 의존증을 부르는 치맥 역시 나에게는 경계의 대상일 뿐. 여러분, 치킨을 먹을 때는 치킨만 먹으면 안 될까요? 맥주와 피자, 맥주와 햄버거, 맥주와 잘 어울리는 음식은 한 트럭인데 그냥 술을 마시고 싶은 핑계로 치킨을 이용해온 것은 아닐까요?

술을 입에 안 댄 지 대략 5년은 된 듯한데 살면서 딱히 열심히 마신 적도 없다. 맥주도 나에게는 그저 달면 삼키고 쓰면 뱉는다의 '뱉는다'를 맡고 있을 뿐이기에 마치 공식처럼 자리 잡은 치맥이라는 말에 더욱 반기를 들게 된다. 치킨 본연의 맛을 즐기기 위해서 치킨무와 음료를 섭취하는 시점을 조절해가며 노력하는 사람들도 있는데, 맥주의 등장으로 정신이 흐려진다면 치킨의 맛을 느낄 새가 어디에 있겠는가. 홀짝거리며 알딸딸한 기분에 취하는 동안 나 같은 사람이 닭다리를 홀랑 다 먹어버릴지도 모른다. 지금 맥주로는 그렇게 취하지 않는다고 대답하신 분! 꼭 당신의 닭다리를 훔치러 가겠습니다.

치밥

나는 치밥이 싫다. 밥에 치킨을 비벼 먹는 것도 싫고 밥에 치킨을 올려 먹는 것도 싫다. 취향이다. 이런 내 맘도 모르고 치킨 브랜드들이 앞다투어 치밥을 권장하면서 새로운 레시피를 내놓는다. 버터에 비벼 먹어라, 달걀프라이를 올려 먹어라. 어쩐지 건방지다. 치킨을 그냥 먹어도 칼로리와 포화지방이 폭탄인데 쌀밥을 얹다니. 혈압과 당뇨를 걱정하는 나이가 되면서 GI 지수가 도넛과 식빵보다도 높은 백미의 존재가 신경 쓰인다. 거기에 설탕이 많이 들어간 치킨과의 만남으로 당 섭취 폭발. 치밥을 위해서 치킨 양념이 세지고 점점 달아지는 게 싫다. 밥 없이는 못 먹는 치킨이 진짜 치킨인가? 밥이 있어야 완벽해지는 치킨이라면 그것의 경쟁자는 스팸입니다.

치밥을 부추기는 치킨을 경계해야 하는 이유는 또 있다. 엽기떡볶이나 불닭볶음면으로 수렴되는 일률적인 맛으로 치킨의 구도가 재편되지 않을까 하는 우려에서다. 모든 빨간 양념 음식이 전체적으로 매워지고 있다. 이렇게까지 매웠나 싶게. 신라면의 매울 신이라는 한자가 무색하게 맵찔이가 덤벼보기에는 너무 허들이 높아지고 있다. 애초에 불닭볶음면은 챌린지 대상이었는데 어느새 매운맛의 보통 기준이 되었으니 말이다. 조만간 한국인들은 입에서 불을 뿜게 진화하지 않을까 싶을 정도다.

치즈볼

나는 치즈볼도 싫다. 정확히는 치킨과 함께 먹는 치즈볼이 싫다. 공룡알 같은 생김새의 치즈볼을 처음 맛보았을 때 얼마나 충격적으로 맛있었는지 종종 그것만 사러 들르기도 했던 게 나다. 이젠 치즈볼을 취급하지 않는 브랜드가 오히려 희소하게 느껴질 정도다. 초콜릿, 밤, 고구마, 크림치즈, 체다치즈 등등 다양하게 변주된 치즈볼들이 판매되고 있지만 그쪽으로는 어쩐지 손이 가지 않는다. 배달 수요의 급증과 과열 경쟁으로 치즈가 쭉 늘어나는 진짜 치즈볼을 만나기 쉽지 않은 세상이다. 치즈가 늘어나지 않는 치즈볼이 진정한 치즈볼이라고 할 수 있을까.

치킨과 치즈볼이 환상의 궁합인지도 잘 모르겠다. 치즈볼은 오히려 매콤한 떡볶이 쪽이 더 어울리지 않는지. (어디까지나 떡볶이알못의 의견이다.) 치킨과 함께할 사이드 메뉴는 치킨무 하나로 충분하다. 우리는 모두 정답을 알고 있다.

치킨 먹방

이 모든 싫은 것 중에 가장 싫은 것. 치킨 먹방이 싫다. 구체적으로 치킨과 사이드 메뉴를 잔뜩 쌓아놓고 먹는 방송이 싫다. 먹방의 특징을 생각하면 치킨 한 마리로는 진행되지 않는 건 이해한다. 먹방 문화를 이용하려는 브랜드와의 협업과 상술에 의해 사람들은 다양한 먹조합을 찾겠다고 나선다. 피자나 떡볶이 등 다른 음식에 어울리는 치킨을 찾아낸다. 산더미처럼 쌓인 치킨 먹방을 보고 나면 괜스레 한 마리는 뭔가 허전하게 느껴진다. 더 시킬 것 없나 하며 사이드 메뉴를 살피게 된다.

신메뉴가 나오면 나오는 대로 또 맛있게 먹는

사람들이 보는 사람을 현혹한다. 출시 초기 신메뉴를 시키면 온전한 퀄리티를 기대하기 힘든데 말이다. 프랜차이즈지만 레시피의 숙련도가 쌓여야 제맛이 나오기 때문이다. 나오자마자 시켰을 때 실망했던 메뉴들이 인기 메뉴로 자리 잡은 후 다시 먹었을 때 완전히 다른 맛을 보여주기도 한다.

한 시절을 풍미했던 멕시카나의 신호등 치킨(정확한 명칭은 후르츠 치킨) 급이 아니라면 대체로 신메뉴를 맛있다고 소개할 텐데, 절대 그 말에 넘어가면 안 된다고 소신껏 외쳐본다. 정 먹고 싶다면 적어도 출시 열흘 이후에 도전해보시라. 영상 속 치킨으로 대리 만족하기보다 직접 먹어보고 줏대 있게 판단하기를 권한다. 남의 말에 휘둘리지 말고.

이겼닭! 오늘은 치킨이닭!

“이겼닭! 오늘은 치킨이닭!”

100명이 낙하산을 타고 외딴섬에 내려가 허겁지겁 무기를 줍줍해 싸우는 게임 〈배틀그라운드〉 우승자에게 나오는 메시지다. 처음 이를 알게 됐을 때는 대충 듣고서 ‘뭣이라? 게임을 이기면 치킨을 준다고?’ 하고 혼자 솔깃했던 기억이 난다. 알고 보니 치킨을 알아서 사 먹도록 은근슬쩍 유도(?)하는 게임이었다. 아니, 치킨을 사주는 게 아니었다고? 게임도 안 할 거면서 이 무슨 아쉬움인지…. 그러고 보니 나도 남들 치킨 값은 내주지도 않을 거면서 틈만 나면 치킨을 먹으라고, 찜닭을 먹으라고, 닭한마리를 먹으라고 늘어진 테이프마냥 반복해왔으니 할 말이 없다. 뭐 한 명이라도 치킨을 더 먹고 맛있어했다면 그걸로 된 것 아닌가. 열 번쯤 말하면 한 번 정도는 치킨을 먹는 사람이 생기기 마련이다.

우리나라 게임에 등장할 만큼 대한민국 메이저 인기 메뉴인 치킨을 왜 굳이 먹으라고 열심히 떠드느냐. 우후죽순 생겨났다가 치열한 지역구 배틀을 이기지 못하고 없어지는 메뉴들이 너무나 많기 때문이다. 대한민국 자영업의 상징인 치킨집이 2019년 기준으로 무려 8만 7,000여 곳에 달했다. 전 세계 맥도날드와 스타벅스 매장 수를 더해도 대한민국 치킨집이 훨씬 많은 실정. 치킨 프랜차이즈만 해도 400여 개가 존재한다고 하니 배틀그라운드 100명의 피 튀기는 경쟁이 대수냐. 오늘 시킬 치킨 한 마리로 선택받기가 더 험난하고 살벌한 전쟁이라 할 수 있겠다. 막연하게 레드오션이라고 생각했던 치킨 시장은 레드오션을 넘어 바싹 마르다 못해 태양의 표면처럼 불타고 있는 듯하다.

끊임없이 새롭고 다양한 치킨을 만날 수 있다는 점은 감사하지만, 워낙 경쟁이 과열된 탓인지 간혹 치킨을 이렇게까지? 하는 메뉴들이 등장할 때는 당황스럽다. 냅다 과일맛 가루를, 그것도 세 가지나 버무렸던 멕시카나의 신호등 치킨이 그랬으며, 로제 소스와 치킨의 만남에 뜬금없이 젤리를 버무린 BHC의 로젤킹이 그랬다.

일시적으로 SNS 화제성을 노린 어그로성 마케팅 역시 어떤 효과가 있을지 회의적이다. 가뜩이나 챙겨 먹을 치킨이 한두 가지가 아닌 상황이고, 후라이드와 양념이 구축한 이상적인 반반의 세계가 공고한 상황에서 신규 브랜드, 신규 메뉴 진입은 쉽지 않다. 나름 이름난 브랜드에서 '아님 말고' 식의 신메뉴가 등장할 때는 눈살이 찌푸려질 뿐이다. 후라이드와 양념을 판매하는 브랜드라면 소비자들로 하여금 기본 메뉴의 신뢰까지 깎아 먹는다는 것을 기억했으면 좋겠다. 뿐만 아니라 자원 낭비의 측면에서도 먹을 것으로 장난치는 것은 지양해야 한다고 생각한다. 이름 한번 알리기 어려운 중소 치킨 브랜드들도, 동네 치킨집들도 정석으로 승부하고 있지 않나. 적어도 〈배틀그라운드〉는 다 같이 무기 없는 맨몸으로 시작하기라도 하지!

게다가 객관적으로 요즘 치킨 정말 비싸다. 여기에 배달비까지 더해졌으니 부담이 여간 큰 게 아니다. 아무리 1인 1닭이 유행했어도 치킨을 한 번에 두 마리씩 시키는 집은 잘 없다. 한 번에 온리 원. 부디 가족의 행복을 좌우하는 한 마리에 대한 예의를 지켜줬으면 하는 마음이다.

가장 큰 문제는 멀쩡히 잘 먹던 메뉴가 신메뉴

에 밀려 사라지는 경우다. 내가 가장 그리워하는 단종 메뉴는 굽네치킨의 데리베이크다. 고추바사삭과 볼케이노의 급물살을 이기지 못하고 정신을 차려보니 어느새 흔적조차 없이 킬 당했다. 데리베이크는 순살로 시켜서 상추쌈으로 쌈무와 함께 먹으면 딱 좋은 메뉴였고, 나이와 성별을 불문하고 누구에게나 환영받을 만한 메뉴였다. 특히 치킨을 건강의 적으로 생각하시는 어른들의 따끔한 눈초리에서 벗어날 수 있는 데다가 매운맛이 없어서 조카들에게도 환영받았었지…. 그렇게 맵찔이의 세상이 또 조금 무너졌다. 그래도 핫갈비천왕을 없애지 않아준다면 좋아. 제발 그것만은 남겨줘…. PPL을 본격적으로 시작한 굽네치킨은 최근 신제품 출시도 잦아졌다. 취급 매장이 줄고 있다는 핫갈비천왕의 미래는 과연 어떻게 될 것인가. 그러고 보니 쌀베이크도 담백하니 맛있었는데…. (이런 식이면 끝이 없다.)

치킨집은 아니지만 롯데리아에서는 매년 '레전드 버거 결승전'을 개최해 단종 메뉴 재출시 이벤트를 하고 있다. 난 매번 엉치육•을 직화구이한 패티로 만든 텐더그릴치킨버거 재출시를 위해 매일 10표씩 열심히 던졌다. 첫해는 라이스버거가 뽑혀 재출시되었고, 그다음 해는 유러피언 프리코치즈버거가 재출시되었다. 그리고 드라마 〈오징어 게임〉의 인기에 힘입어 오징어버거도 재출시되었지만 아직까지 텐더그릴치킨버거는 재출시되지 못했다. 치킨버거의 승리도 치킨의 승리인데, 대체 언제쯤 다시 만날 수 있을까.

뭐든 있을 때 열심히 먹자. 언제나 곁에 있으리라고 생각하는 건 하물며 음식에 대해서도 섣부른 생각인 것 같다. 치킨 덕에 항상 내 곁에 있어주는 고마운 존재들을 떠올려본다. 이따 엄마한테 전화해야지.

• 엉덩잇살. 기존 치킨버거의 퍽퍽한 가슴살보다 식감도 좋고, 부드러운 맛이 특징이다.

남기면 벌 받아, 나한테

"치킨을 먹다가 남으면 어떻게 하나요?"

치믈리에가 된 후 가장 자주 듣는 질문 중 하나다. 예전엔 이렇게 말했었다.

"치킨이 왜 남는지부터 납득시켜주세요."

짧게나마 1인 가구의 삶을 경험하고 만 서른을 넘고 나니, 치킨이 남는 상황이 생긴다는 것을 몸소 경험하게 됐다. 치킨이 남았을 때의 요리법을 꿀팁이라며 알려주는 당신들은 틀렸어. 요리가 그렇게 좋았다면 치킨부터 직접 튀겨서 먹었을 것 아니야. 순서가 잘못됐잖아. (그러는 김미정 너는, 요리는 하기 싫으면서 맛있는 걸 먹고 싶은 마음으로 치킨을 시켜 먹었잖니.)

그래도 치킨이 남아서 고민인 분들이 있다면 도와드리는 것이 인지상정. 치킨 남기지 않기 1단계는 역시 치킨 고르기부터 시작하는 것이 좋겠다. 가장 맛있고 좋아하는 메뉴여야 '덜' 남길 테니까.

'반반무마니'와 뿌링클에 현혹되지 말고 내가 참 맛있게 먹었던 메뉴, 그중에서도 제일 먼저 집어

낸 조각이 어느 부위였는지를 잠시 떠올려보자. 그냥 아무거나 먹었다고요? 그럴 수 있다. (붕어빵은 머리부터 먹는지 꼬리부터 먹는지 겨울마다 물어보면서 매번 먹는 치킨에는 너무 무심하셨던 것 아닌가요?) 하지만 옛말에 적을 알고 나를 알아야 백전백승이라고 하지 않았나.

아, 부위 그런 거 다 필요 없고, 그냥 뼈 버리는 게 귀찮으시다고요? 죄송하지만 순살을 선택할 때도 부위를 따지셔야 한답니다, 고객님. 먼저 다리살부터 소개해볼까. 맘스터치의 싸이버거로 대표되는 부드러운 다리살, 찜닭집이나 숯불 닭갈빗집들도 거의 다리살을 쓴다. 다리살 맛이 좋았다면 또래오래, 굽네치킨, 푸라닭, 자담치킨 등 정육을 사용하는 브랜드의 순살치킨을 선택하시라.

다리살은 너무 기름지고 물려서 별로다, 씹는 맛이 담백한 게 좋더라! 하는 분들이라면 네네치킨, 호식이두마리치킨의 순살치킨, 그리고 각 브랜드 중 텐더, 휠렛, 안심 등의 키워드가 들어간 메뉴를 골라본다면 만족스러운 한 상자가 될 것이다. 맘스터치

에서는 휠렛버거, KFC에서는 징거버거, 타워버거를
주로 택하고 피자를 시킬 땐 느끼한 윙이 아니라 담
백한 텐더를 추가한다? 당신은 가슴살 러버입니다.

순살은 어느 정도 해결했으니 다음은 뼈치킨으
로 가볼까나.

다품종 소량 생산의 시대, 무한 경쟁의 치킨집
들 덕분에 특정 부위만 담긴 메뉴 역시 자연스럽게
자리 잡았다. 같은 메뉴도 누구는 날개로, 누구는 다
리만으로 즐길 수 있는 취향 존중 시대다. 치킨 상자
를 열었을 때 닭다리를 가장 먼저 집어 드는 국민이
대충 6할은 넘으리라 주변미터로 추산한다. 따끈한
닭다리를 물었을 때 느껴지는 바삭한 튀김옷, 터지
는 육즙, 씹히는 닭살의 풍미까지. 치킨 잘 시켰다는
기분을 느끼게 해주는 것이 닭다리의 역할이라고 생
각한다.

닭다리를 두고 오가는 은근한 눈치 싸움, 내가
먹어도 되나? 하는 괜한 망설임. 착해서 손해 보는
사람들의 특징이다. 이제는 닭다리에 포크를 먼저
내리꽂는 연습을 해보길 감히 권유한다. 닭다리가

겨우 두 개뿐인 게 문제가 아니라 닭이 겨우 한 마리 뿐인 게 문제였다. 또한 모두를 위해 닭다리 메뉴를 빨리 내지 못한 시장의 잘못이다. 그런데 옛날엔 정말 귀한 사람이 닭다리를 먹었을까요? 아니요. 그때도 닭다리는 저같이 뻔뻔한 사람이 차지했을걸요? 닭다리가 두 개여서 서러웠던 분들은 부디 꼭 한번 상자에 닭다리만 가득 담겨 오는 콤보 메뉴를 맘껏 먹고 슬픈 기억을 치유하기를 바란다. 더불어 "닭다리가 뭐라고 난리야!" 하는 사람을 경계하자. 이런 사람들이 주로 닭다리 두 개를 다 먹는다. 그거 아무것도 아니었는데 하는 건 잘 먹어온 사람들의 관점이다. 닭다리가 두 개라서 알 수 있는 것, 알아버리는 것들도 많다.

다음은 닭날개 차례다. 맥도날드가 매년 여름 맥윙 살려, 맥윙 없애 청기백기 게임을 하고 있다는 것을 아시는지? 그렇다면 당신은 윙 러버가 확실합니다. 맥윙 줬다 맥윙 뺏었다 쌀보리 게임도 아니고 참 당황스럽다. 요즘 치킨 브랜드에서는 거의 모든 메뉴를 날개로 선택할 수 있으니 꼭 도전해보시길.

생각해보면 요즘은 '날개 먹으면 바람 피운다'는 구닥다리 말이 안 들려서 기쁘다. 콜라겐이 풍부해서 피부에 좋고 노화 방지가 된다는 장점을 가졌는데도 굳이 그런 표현을? 닭날개 50년 안 먹으면 열녀문이라도 세워주려나. 콜라겐이 더 풍부한 닭발이 각광받으면서 닭날개 바람론은 사그라든 것으로 보아 누군가 닭날개를 독차지하려고 퍼뜨린 설이 아니었을까…. 닭발큐땡큐를 외쳐야 할까.

닭날개 메뉴는 단종위기인 BBQ의 매달구(매콤달콤구운닭날개)를 추천하고 싶다. 인기가 많은 자메이카통다리는 내 입맛에는 간이 너무 세고 자극적인 느낌이라 비교적 적당히 담백하고 맵찔이의 수요를 만족할 수 있는 매달구를 꾸준히 추천 중이다. (혹시 없어질까 봐.) 후라이드도 좋지만 날개는 유독 굽는 조리법이 잘 어울리는 것 같다. 여기서 중요한 점 한 가지, 닭날개 먹는 법을 익히신다면 더 많은 양을 손쉽고 깔끔하게 먹을 수 있으니 영상 자료 학습을 부탁드리는 바이다.

뼈에 붙은 살이 제일 맛있다는 건 어릴 적 생선

살을 발라주실 때도, 지금 내가 시킨 치킨을 드실 때도 곁에 계신 할머니가 매번 말씀하시는 세상의 진리다. 종교의 율법? 다 필요 없고 우리 할머니 말씀이 옳습니다. 미안해, 나도 어쩔 수 없는 뼈치킨파인가 봐. 닭 한 마리에 날개, 다리, 가슴, 안심 다양한 부위가 존재하고 모두 맛이 다르다. 단순히 가슴살과 다리살의 이분법으로 나눠버리기에는 가슴살과 안심의 맛도 다르고, 같은 날개 부위여도 윙과 봉의 맛이 다르다. 이걸 모두 맛볼 수 있는 것이 뼈째 한 마리의 묘미 아닐까. 뼈치킨과 함께 맛의 스펙트럼 여행에 동참하시겠습니까? 내 대답은 언제나 YES.

굳이굳이 따져서 한 가지만 골라야 한다면 다리살 쪽이겠지만 가슴살을 포기할 수 없는 운명을 타고나서 한 마리를 시키는 나다. 나의 치킨 덜 남기기 비법? '가슴살과 안심부터 먹어라'이다. 닭다리를 먹어야 잘 시켰다고 느낀다더니 이게 무슨 소리냐고 하시는 분들. 노여워 마소서. 전 항상 잘 시켰다고 생각하니까 괜찮습니다. 하하….

갓 도착한 따끈한 치킨에서 가슴살을 먼저 먹으

면 육즙이 가장 잘 보존되었을 때 맛볼 수 있기에 퍽퍽함이 덜하다. 치킨의 첫 기준이 가슴살로 형성되기 때문에 퍽퍽함의 역치 역시 낮아진다. 이는 치킨무와 함께한다면 더 낮아진다. 무엇보다 가슴살과 안심은 대체로 덩어리가 크고 기름기가 적기 때문에 다시 데웠을 때의 건조함이 이루 말할 수 없다. 치킨을 덜 남기고 싶다면 가장 맛있을 때 가슴살부터 맛있게 먹어 치우자.

Q. 열심히 해봤지만 치킨이 결국 또 남아버렸어요. 이젠 어떡하죠?

A. 치킨을 남기시다니 축하드립니다.

난감한데 왜 축하하냐고 묻는 당신, 에어프라이어가 없으시군요. 에어프라이어를 구입하세요. 나야말로 에어프라이어 덕분에 주 7일 치킨이 가능해졌다. 남은 치킨? 문제없다. 무조건 얼렸다가 먹고 싶은 날 꺼내서 에어프라이어에 돌린다. 이 간단한 과정. 새로운 JMT 세상의 발견이다. 순살 양념 파닭을 시켜 깐풍기처럼 팬에 볶아 불맛을 입히던 나에게,

냉동 치킨을 새 치킨으로 만들어주는 에어프라이어는 더할 나위 없는 혁신이고 노벨 미식상 감이다. 전자레인지를 돌고 나온 눅눅한 치킨? 이제 네버 에버. 에어프라이어가 없는 세상은 마치 폴더폰을 다시 써야 하는 세상과 같다. 치킨 러버들의 생활필수품 1호 에어프라이어를 들이세요. 치킨마요, 치킨케사디야, 이제 그만하자. 냉동실에 또띠아 없고요, 요리는 안 하고 싶습니다. 남긴 치킨도 치킨이니까 치킨 그 자체로 먹을 거예요!

점바점 지옥

수제 초콜릿, 수제 버거, 수제 디저트 등등. 다양한 수제가 판치고 있다. 그런데 치킨은 고급화 시도가 계속되고 있으면서도 수제 치킨을 어필하는 매장은 어째 적은 것 같다. 하긴 수제 치킨이라는 말을 곱씹어보면 재미있다. 지금도 치킨집에선 반죽도 튀김도 모두 사람 손으로 하고 있는데…. 그래도 포털 사이트에 검색하니 각종 수제 치킨들을 만날 수 있다. 편의점도 아르바이트생이 열심히 튀겨준다. 여담인데 내가 가는 편의점은 언젠가부터 치킨 매대를 채워놓지 않더라. 너무 자주 사 가서일까. (말을 줄인다.) 얼마 전 로봇이 튀기는 치킨이 등장했다는 기사를 읽었다. 인간 노동력의 산물인 치킨계에서는 로봇의 개입이 오히려 프리미엄 영업 포인트가 되는 건지. 사실 로봇 치킨이라는 생소한 단어에 한번 뒤를 돌아보게 되는 것은, 내가 '점바점'의 저주에 걸려든 경험이 있어서일지도 모르겠다. 지점마다 맛이 다르다 해서 지점 바이 지점이란 말의 줄임말로 통용되는 점바점. 당신은 그 저주에서 자유로우신가요.

여기서 퀴즈. 2018년 5월, 배달비의 공식화를 최

초로 선언한 치킨 브랜드가 어디일까요? 이 책을 집어 든 당신이라면 당연히 알고 계시겠죠? (몰라도 하등 상관없다.) 딩동댕. 답은 교촌치킨입니다. 물론 배달 플랫폼의 등장과 거센 경쟁 속에서 배달비의 등장과 인상 역시 당연한 수순이었겠지만, 가장 먼저 배달비의 존재를 각인시킨 브랜드라는 것은 역사에 길이길이 남을 것…까지는 아니고 어쨌든 나한테는 남아 있다. 쪼잔해도 어쩔 수 없다. 그에 대한 원념을 항상 품고 있는 나지만 그 맛은 포기하지 못했음을 고백한다. 그럼에도 의도치 않게 교촌치킨 불매를 실천하고 있는데, 바로 우리 동네 교촌치킨 매장이 교촌시리즈와 레드시리즈를 너무 못하는 곳이기 때문이다. 알고 있지만, 참다 참다 너무 먹고 싶어서 분기마다 한 번 정도 시키는데 한입 먹고 왜 시켰을까 하고 후회한다. 그 때문에 어딘가 다른 지역으로 놀러 갈 일이 생기면 괜히 교촌치킨을 먼저 추천하는 버릇이 생겼다.

조리 형태가 여러 가지인 브랜드들이 이런 문제에 자주 부딪힌다. 튀기기는 잘하는데, 양념을 솔로 발라줘야 하거나 잘 버무려야 하는 걸 대충 부어 버리고 끝내는 것. 사실 너무 안타까운 부분이다. 더군다나 교촌의 메뉴들은 같이 오는 소스에 의존하는 맛이 아니기에 더욱 만회가 어렵다. 확고한 맛과 아이덴티티가 있는 회사임에도 그 맛을 온전히 즐기지 못하는 것, 이것이 바로 점바점 지옥이다. 대형 프랜차이즈 중에는 매장 수가 1천 개를 넘기는 곳도 있다고 하니 한결같은 맛을 유지하기에 큰 어려움이 있는 것은 당연한 일일 것이다.

하지만! 그렇지만서도! 같은 가격의 치킨을 사 먹는데 품질이 들쭉날쭉하면 소비자로서는 분노가 차오르기 마련이다. 점바점의 마수에 걸려들지 않기 위해 오늘도 상향 평준화된 별점 리뷰 사이에서 열심히 옥석을 골라내야 한다. 이상적인 치킨의 색, 튀김옷 표면의 상태, 닭의 잘린 형태까지 내가 알던 그 브랜드의 이상적인 모습과 일치하는지를 확대해가면서 확인해본다. 제가 찾는 치킨이 진정 이 치킨이 맞나요? 자 이제 당신의 닭다리를 보여주세요.

난 사실 당근마켓 거래를 해도 쿨거래의 정석을 밟는다. 고가의 IT기기를 거래해도 작동만 잘되면 나머지는 상관없다. 박스? 없어도 됩니다. 흠집? 잘 보이지도 않고요. 포장만 잘해주세요. 확인? 그런 거 안 해요. 그냥 쿨하게 거래에 임한다. 그런데 왜, 치킨을 시킬 때는 한 시간이 걸리느냐는 말이다.

새로운 치킨과의 만남이 시작되려는 와중에 점바점이라는 이슈로 그 인연을 맺지 못하는 것은 너무 슬픈 일이다. 남들은 신메뉴 다 잘 먹고 다니는데 저는 왜 때문에 그래요? 하는 상대적 박탈감이 때때로 느껴지기도. 아무튼 우리 동네 치킨집 사장님들 힘내시고, 부디 맛있는 치킨을 만들어주세요. 저는 한 번만 시키지 않습니다.

매운 치킨은 자해다

"사랑은 자해다." 요즘 덕질하는 친구들이 자주 쓰는 말이다. 친한 동생에게서 이 말을 처음 들었을 때 대체 왜 이런 말을 쓰는 걸까. 세상이 무언가 잘못되어가는 것은 아닐까? '자해라니, 너희들은 소중해!(오은영 박사님 톤)' 이런 말을 답글로 잔뜩 달아주고 싶을 만큼 당황스러웠던 기억이 난다. 그런데 그냥 귀여운 것을 보면 오히려 폭력적으로 "지구 뿌셔." "아파트 뽑아."라고 하는 정도의 사랑하는 마음을 담은 즐거운 밈이었더라. 지레 선생질을 할 뻔했다. 나도 이렇게 꼰대가 되어가는구나.

생각해보면 어릴 적 나는 얼마나 어른들이 식겁할 말만 골라서 써댔는지 모른다. 그리고 얼마나 온라인, 오프라인 상관없이 싸워댔는지. 게다가 중2병은 라떼도 만만치 않았다. 교복이라는 죄수복을 입고, 학교라는 감옥에 갇혀 공부란 벌을 받고 졸업이란 석방을 기다린다…. (싸이월드 감성. 절대 퍼가기는 하지 않았음을 밝힌다.) 요즘 애들의 언어를 나무랄 처지가 아니란 것을 받아들이고 나니 나에게 상처 줄 걸 알면서도 계속 찾게 되는 치킨들이 생각나는 것이다. 치킨도 자해다.

매운맛은 분명 통각에서 느끼는 통증일 뿐, 맛이 아니라는 고등학교 생물 선생님의 말씀이 생각난다. 그래도 사람들은 그걸 맛이라고 하는데요? 항상 반박하고 싶었지만, 정작 내가 매운맛을 즐기지 않다 보니 가벼이 생각하고 넘어갔었다.

매운맛은 통각이다. 지금은 전혀 반박할 의향이 없다. 매운맛의 고통을 이해하게 되었으니까. 아무리 생각해도 맵찔이에게 엽기떡볶이와 불닭볶음면이 지배하는 이 세상은 너무 가혹하다. 그래도 다른 나라에서 태어났다면 이런 맛을 영영 모르고 살았을 테니 괜한 불만은 접기로 하자. 입에서 한 번 위에서 한 번 장에서 한 번. 매운맛을 오래오래 품을 수 있는 치킨들을 소개하겠다. 이 치킨들은 당신에게 내상을 입혀 속 깊은 곳까지 매운맛을 보여줄 수 있으니 주의하길 바란다.

시작은 나의 최애 BHC 핫후라이드. 보통 '핫후'라고 줄여서 부르는 시그니처 메뉴다. 핫후라이드를 판매하는 브랜드는 많지만 가장 입문하기 좋은, 그리고 가장 정착하게 되는, 언제 어디서나 자부심을 가지고 추천할 수 있는 메뉴가 바로 BHC 핫후라이드다. 하지만 다른 면에서도 악명이 높은 메뉴이다. 매운맛의 고통을 겪은 이들의 생생한 후기를 지속적으로 확인할 수 있기 때문이다. 입에서 맵지 않다고 얕잡아보면 안 된다. 몸소 매운맛을 보여줄 것이니 그저 기다리면 된다. 내 위에 자리 잡은 염증의 적어도 60% 정도는 핫후 탓이다. 심지어 이십대까지만 해도 함께 즐겨주던 동생은 위장의 안위가 염려된다는 이유로 핫후 강경 반대파로 돌아섰다. 단 한 조각만 먹어도 여파를 느낄 정도로 파괴력이 강하니 참고하시라. 하지만 언제나 치킨 추천 글에서 빠지지 않을 정도로 꾸준한 인기를 자랑한다. 그만큼 맛있고 자극적이다. 맵찔이인 나에겐 자해의 영역에 가까운 치킨이지만 그래도 여전히 손절하지 못하고 있다. 술, 담배를 못 끊는 기분이 이런 것일지.

BBQ의 현 황금올리브 핫윙, 구 스파이시윙. 핫후라이드를 좋아하는 이유라면 단연 후라이드의 느끼함을 매콤함이 잡아주어 덜 물린다는 점인데, 제아무리 바삭하고 고소해도 입안에 기름 파티가 계속

열린다면 이내 물릴 수밖에. 그래서 다들 반반의 변주를 찾게 되는 것이겠지. 후라이드 중에서도 맛있기로 손꼽히는 BBQ 황금올리브지만 이 느끼함의 장벽은 황올에게도 넘기 힘든 과제다. 하지만 황금올리브 핫윙은 황금올리브 치킨의 장점은 가져오면서도 느끼함의 장벽을 뛰어넘은 메뉴라고 할 수 있겠다. 황금올리브 닭다리는 철저히 황금올리브 치킨에서 닭다리만을 모은 메뉴지만, 황금올리브 핫윙은 아예 다른 메뉴라고 봐도 무방하다. 튀김옷의 상태도 맛도 조금 다르다. 황금올리브가 별로였다는 사람을 만나면 꼭 황금올리브 핫윙을 먹어보라 추천하곤 하는데, 이 역시 자해의 치킨이므로 아끼는 사람이라면 향후 스케줄을 파악한 후 추천해야 한다. 의도치 않은 암살 기도가 될 수도 있기 때문에.

마지막으로 떠오르는 신흥 강자. 자담치킨의 맵슐랭이다. 맵슐랭이라면 대놓고 맵다고 쓰여 있는데 왜 먹고 고통받냐고 생각하는 분들이 있을 수 있겠다. 친절하게도 맵슐랭은 맵찔이를 위한 마일드 버전이 존재한다. 그러나 이 녀석 역시 우습게 보지 않도록. 마일드라고 결코 만만하지 않음을 꼭 세상에 알려야 한다는 맵찔 사명감으로 이 글을 쓴다.

사실 자담치킨을 처음 접한 건 작년에 입원했던 병원에서였는데, 개복 수술을 마치고 회복 중이었을 무렵이었다. 밍밍한 병원 밥을 연달아 먹으려니 자극적인 맛이 아른아른. 마침 BHC 핫후라이드 말고도 다른 핫후라이드를 정복해보고 싶었던 내 눈에 들어온 게 바로 자담치킨이었다. 자담치킨의 핫후라이드는 BHC 핫후라이드보다 훨씬 매워 손부채질까지 하게 만들었고 파괴력 역시 못지않게 강력했다. (병원에 침투한 사탄인 줄.) 하지만 그것은 핫후라이드를 선택한 내가 겪어야 할 마땅한 결과였으니 받아들일 수 있었다. 그렇지만 맵슐랭 마일드 너까지 그럴 줄은. 꼭 그랬어야만 했냐….

처음 만났을 때 맵슐랭 마일드는 언뜻 연유로 착각할 만큼 달콤하고 부드러워 보이는 마요 소스가 덮여 있는 데다, 한입 물자마자 단맛이 강하게 올라와 음 역시 마일드군, 하고 안심했었다. 주변에 생고추 조각들이 뿌려져 있으나 그거야 걷어내고 먹으면 되고. 그렇게 아무 생각 없이 흡입하다 방심한 결과로 이내 뒤통수를 강하게 얻어맞았다. 여기서 중요한 점. 맵슐랭은 '마일드'가 기준이어도 그렇다는 점이다.

이 꼭지에서 소개한 매운 치킨 모두 거부할 수 없는 매력을 가졌지만, 중요한 일정이 가까이 있다면 꼭 조심하길 바란다. 위기는 언제 어디서나 소리소문도 없이 찾아오기에. 그리고 그만큼 가공할 위력으로 우리 곁에 찾아올 것이다. 걸어 다니는 시한폭탄이 되고 싶지 않다면, 1분 1초가 몇십 배 느리게 흘러가게 하는 시간 능력자가 되고 싶지 않다면, 반드시 계획적으로 섭취하도록 하자. 먹지 말라고는 못하겠다. 맛있으니까. 급하게 찾아온 위기 극복에 유용하다는 혈점 지압법을 이용해보는 것도 좋겠지만, 그걸 찾아볼 여유가 있다면 진정한 위기가 아니다. 인터넷으로 배운 혈자리 몇 개에 온전히 내 명운을 걸기에는 우리에겐 소중한 소셜 포지션이 있지 않은가.

이렇게 구구절절 다 알면서도 오늘 또 먹게 되는 매운 치킨은 자해다.

숨겨왔던 나의 로컬 맛집

안양일번가의 마당바비큐치킨하우스

학원가가 유명한 평촌과 달리 다소 유흥의 이미지를 간직한 안양의 대표 번화가인 안양일번가 거리. 그 불량한 이미지는 MC 스나이퍼가 부른 동명의 노래 때문인지도 모르겠다. 그냥 다른 도시에도 다 있는, 프랜차이즈들이 즐비한 평범한 시내다. 인접한 시장도 있고, 역도 가깝고, 일단 먹을 것이 많은 동네. 이 지역에서 고등학교를 다닌 내게는 방학 때 보충 수업을 듣다가 탈주를 감행해 캔모아에서 시간을 보내고 점심을 먹으러 몰래 학교로 돌아갔던, 평범하고 아름다운 추억들이 있는 곳이다. 하굣길에 교복을 입고 돌아다녀도 팔을 붙잡는 유흥시설 호객인들이 설쳤던 기억이 있는 걸 보면, 불량함이 아예 없는 건 또 아니었던 것도 같다.

다른 번화가도 마찬가지겠지만 몇 년 이상 버티기 힘든 이곳에 10여 년 추억을 간직한 치킨집이 있다. '마당바비큐치킨하우스'는 안양일번가에 위치한 제법 오래된 치킨집이다. 이 집을 처음 알게 된 건 갓 스무 살 무렵이었는데, 어느새 오래된 집으로 소개할 수 있게 되다니 감회가 남다르다. 내부는 어렸을 때 친척 어른들을 쫄래쫄래 따라다니며 호시탐탐 치킨을 노렸던 친근한 호프집의 모습이다. 푹신한 소파와 일어날 때 조심해야 하는 나무 테이블, 칠이 살짝 벗겨진 그릇들까지. 모든 소품이 과거를 오롯이 간직하고 있다. 요즘은 이걸 레트로 감성이라고 이야기하던데 감성은 잘 모르겠고 일단 맛집이다.

로제 소스의 등장 전 가장 위대한 발견인 케요네즈 소스 듬뿍 얹어진 양배추 사라다(샐러드 아님.)가 정석으로 함께 나온다. 사실 바비큐하우스라는 거창한 이름에 비해서 가장 유명한 메뉴는 소박한 핫치킨이다. 지금이야 많은 프랜차이즈들이 핫후라이드, 핫스파이스 등의 매운 후라이드를 기본 메뉴로 채택하고 있으나, 내가 마당치킨을 처음 알게 되었을 때만 해도 매콤한 맛의 후라이드는 일부 사람만 찾는 메뉴였다. 일찍이 가공할 만한 퀄리티를 구현해내 당당히 대표 메뉴로 내건 것에 감탄했던 기억이 난다. 타 브랜드에서 가장 비슷한 맛을 찾자면 파파이스의 매콤한 맛이 가깝지 않을까 싶다. 이 숨길 수 없는 파파이스 순애 같으니.

튀김옷이 두꺼우면서도 염지가 강하게 되어 있어 느끼함을 느낄 새도 없이 매콤한 맛으로 기강을 꽉 잡는다. 한 조각이 꽤 크기 때문에, 조금 더 부드럽게 즐기려면 작은 조각으로 요청해야 한다. 갓 나온 가슴살도 촉촉하기에 무리 없이, 중간중간 더해지는 매콤함에 지루함 없이, 온전히 한 마리를 끝까지 즐길 수 있다. 치킨과 함께 일반 양념 소스와 매운 양념 소스가 나오므로 원한다면 더욱 화끈한 맛을 즐길 수 있다. 입이 불타오를 때마다 치킨무와 양배추 사라다로 속을 달래야 하는데, 많이 맵지 않다고 해서 이 과정을 등한시해서는 안 된다. 소화기관 심판의 날이 예약되기 때문에.

과천 토니치킨

튀김옷이 얇은 치킨은 그만큼 페널티를 안고 시작하는 것 아닐까. 치킨에서 튀김옷의 두께는 어느 정도까지는 치킨 맛에 비례한다고 믿는 사람이 나다. 사실 튀김옷이 너무 두꺼워서 이게 닭인지 밀가루인지 모르겠다는 평가들이 가끔 의아하다. 그럴 거면 튀김을 왜 먹지요? 댓글을 달고 싶지만, 가끔은 튀김옷이 얇은데도 좋은 집이 생각나기 마련이다. 그곳이 지금 소개할 과천의 토니치킨이다.

이곳 역시 전형적인 호프집 느낌이 물씬 난다. 벌써 20년이 다 되었고, 그저 있어줘서 고마운 집이랄까. 튀김옷이 얇은 치킨들의 공통된 문제점 두 가지는 육즙을 가두지 못해 살이 퍽퍽해지거나, 간이 잘 배어나지 않아 싱거워질 수 있다는 점으로 요약할 수 있다. 그에 반해 토니치킨은 딱 적당한 간과 조리로 퍽퍽하지 않고 고소한 치킨을 맛볼 수 있다. 퍽퍽한 가슴살에 대한 두려움 때문에 윙, 다리, 순살 메뉴를 선택하는 사람들이 많지만 한 마리가 주는 온전한 맛을 위해 치킨은 되도록 뼈로 먹기를 권하고 또 원한다. 여기에 꿀팁을 더하자면 닭의 크기로 소와 대를 구분하는데 소자를 주문하여 퍽퍽함이 없는 온전한 한 마리를 먹어보길 강추한다.

강경 후라이드파인 나도 반반을 선택하게 만드는 곳이 바로 이 토니치킨. 양념치킨이 친숙하면서도 굉장히 특별하다. 멸치볶음 내지는 떡꼬치 소스

같은 달달하면서도 쫀득한 맛이 일품인 양념이다. 먹으면 먹을수록 '이거 아는 맛인데….'를 중얼거리면서도 푹 빠져들 것이라 자신한다.

두 곳 모두 홀 영업과 포장만 하던 곳이었는데, 코로나의 습격 이후 배달을 시작하셨다고 한다. 어쩌다 이렇게 세상이 변해버렸는지 안타까운 마음이다. 때때로 부담스럽게 느껴지는 배달비지만, 오래 함께한 가게들을 이 정도 금액만으로도 집에서 만나볼 수 있다는 것이 고마우면서도 내심 씁쓸함이 입안에 감돈다.

문앞문자

치킨은 반가운 손님이다. 사위를 백년손님이라고 한다는데, 우리 집엔 아무래도 올 일이 없을 것 같으니 치킨을 반가운 '매주손님'으로 명명해볼까 한다. 나조차도 매일은 영접하지 못하는 치느님. 그런데 이 경이로운 치느님을 맞이하는 풍경은 다소 물색없이 우왕좌왕이다. 귀한 치킨을 문 앞에 덜렁 놓고 가달라고 부탁하거나, 가족이나 친구가 있다면 괜히 문 뒤로 숨어 배달원이 가고 나서야 치킨에 한 발짝 다가선다. 흉흉한 사회에서 집 공개를 꺼리는 건 당연한 일이지만, 치킨을 받을 때 누군가의 등을 떠밀고 몸을 숨기게 되는 것은 또 다른 문제이다. 한시라도 빨리 만나고 싶은 치킨을 앞에 두고 어째서 이렇게 뒷걸음질을 치게 되는 것일까.

포털에 오르내리는 범죄 뉴스들은 이제 새삼스럽지 않은 일이 되었다. 혼자 사는 여성을 노리는 범죄에 대비해 남자 구두를 현관에 하나 놔두라는 말이 안부일 정도니 말이다. 이뿐인가. 택배에 붙어 있는 송장으로 개인 정보를 파악하지 못하도록 곽두팔부터 춘식, 덕출처럼 엄청나게 센 이름을 적기도 하고, 초코나 또또 같은 반려동물 이름을 빌려보기도 한다. 독립의 꿈을 이룬 친구들의 내 집 구하기에 가끔 오지랖 넓게 참여하기도 하는데, 꼭 내가 열심히 골라본 집들은 자취 고수 친구들에게 대부분 탈락된다. 1층은 안 된다, 출입문 통제가 없는 곳은 안 된다, 반지하도 안 된다, 밤길이 어두운지 확인해야 한다 등등 여성이라서 더 확인해야 하는 조건들이 한가득이다. 험한 세상 혼자서 살아간다는 것부터가 위대한 도전이지만 여성으로 혼자 산다는 것은 또 다른 차원의 난도를 가졌다.

배달 앱의 등장 이후 앱에서 선결제를 하면서 배달원과의 어색한 만남이 줄었지만, 역시나 비대면 배달의 활성화는 코로나의 영향이 지대했다. 음식 사진을 찍어 전달하는 문화 탓에 음식을 급히 받다가 사진에 직접 출연하게 되는 머쓱한 일도 종종 생긴다. “문 앞에 놓고 문자 주세요.”라는 말마저 여성인 것이 티가 난다는 지적을 듣고, 이젠 “문앞문자”라는 줄임말을 쓰고 있다. 과연 나의 안전한 배달 생활은 이 정도로 완성될 수 있을까? 아직 의문이다.

비대면이라고 모든 것이 해결되진 않은 듯하다. 누군가는 치킨 하나 받는데 무슨 유난이야 하겠지만, 이미 선결제를 하고 '문앞문자'라고도 적었는데도 격하게 대문을 두드리는 배달원을 만나게 된다면 생각이 조금은 바뀔 것이다.

배달 치킨을 맞이하게 되는 곳은 대체로 집이다. 집은 내가 먹고 자고 생활하는 가장 사적인 공간이며 동시에 내가 가장 자유롭게 존재할 수 있는 곳이다. 바꿔 말하면 대체로 자유로운 거지꼴을 하고 있다는 말이다. 이것은 꾸밈노동이나 외모의 문제가 아닌 청결, 나아가 인간의 존엄성과 관계된 '꼴'의 문제다. 배달원에게는 '치킨 기다린 사람 1'에 그치겠지만, 주문할 사람 입장에서는 낯선 이에게 인간 존엄성을 포기한 모습, 사회의 구성원으로 인정받기 어려운 모습으로 내비칠 수 없다는 최소한의 방어기제가 작동하는 것이다.

사실 내가 가장 강조하고 싶은 건, 치킨을 누가 어떤 꼴로 받느냐가 아니다. 바로 치킨을 받으면 어떻게 할 것인가. 이것이 더 중요한 문제다. 치킨을 먹기 전엔 마땅히 해야 할 일이 있다. 상을 펴거나, 치킨무를 뜯거나, 그릇을 꺼내기 전에 말이다.

치킨을 받는 즉시 종이 박스를 열어 신선한 공기가 통하게 해주고, 아래에 깔린 치킨 조각들을 한 번 뒤집어주는 것이다. 요즘 안심 스티커가 붙은 채로 비닐에 꽁꽁 둘러싸여 오는 치킨 박스는 안타깝게도 작은 숨구멍이 제 역할을 하지 못한다. 비닐봉지 안에는 송골송골 맺힌 물방울이 가득하기 일쑤. 이것이 치킨을 받자마자 신속하게 봉투에서 꺼내 안심 스티커를 제거하고 치킨 조각들을 위아래로 뒤집어야 하는 이유다. 눈에 보이지 않는 수증기들도 튀김옷에 붙어 빈틈을 노린다. 치킨을 받고, 치킨무 국물을 버리고(혹은 들이켜고), 작은 그릇을 꺼내 각종 소스를 짜낼 동안 밀봉된 박스 속 밑에 깔린 치킨 조각들은 습기를 머금고 또 머금어 눅눅해지고 눅눅해진다. 바삭하게 태어난 치킨이었는데, 열심히 나에게로 달려왔는데, 단지 아래에 깔려 있다는 이유로 이내 눈물을 흘린 듯 푹 젖은 후라이드 치킨이 되는 것이다.

앞으로 치킨을 받으면 곧장 뚜껑을 열고 치킨을 뒤집자.

치킨의 가치, 치킨은 같이

혼자 먹는 치킨보다는 함께 먹는 치킨이 더 좋다. 한 마리 말고 여러 마리 먹을 수 있어서는 아니고…. (사실 맞다.) 피곤한 하루 끝에 머리 질끈 묶고 앉아 독차지하는 치킨도 좋지만, 닭다리와 닭날개를 두고 괜한 눈치 싸움을 벌이며 치킨 위로 감도는 팽팽한 긴장감을 즐기는 것도 때때로 좋지 않은가. 혼자 치킨을 먹을 땐 결코 느낄 수 없는 스릴이랄까. 상대방이 닭다리를 언제쯤 집어 드는지를 보며 관계의 발전 방향을 모색해보기도 한다.

재차 권해도 닭다리 들기를 주저하는 사람이라면 그의 기준에 나도 조금은 발맞춰 조심해야겠다고 다짐한다. 어찌 됐건 양보는 미덕이고 나에게는 부족한 부분이니까. 절대 혼자 막 나가서는 안 된다. 반대로 닭다리부터 게 눈 감추듯 먹는 사람을 보면 괜스레 나도 지지 않아야겠다는 의지가 불탄다. 아무런 절차 없이 본인의 욕구를 바로 드러내는 것, 치킨 조각을 고를 때만 아니라면 나 역시 비슷한 부분이 많다. 비슷한 상대니까 양보하지 않아도 양심의 가책이 없다. 앞으로는 편하게 자웅(?)을 겨루면 된다. 만약 여럿이 있는 상황에서 혼자 닭다리를 독점

한다? 죄송하지만 '독점' 씨는 저와 함께 갈 수 없습니다. 이것은 사회적 합의에 대한 문제입니다. "닭다리 두 개 먹은 게 그렇게 잘못한 거예요?"라고 성토 글을 올리시려나요. 제가 쫓아가서 "잘못한 거 맞네."라고 댓글을 달아드릴게요.

한참의 권유에도 끄떡없이 가슴살만을 고집하며 뜻밖의 닭가슴살파임을 고백하는 분들을 만날 때도 있다. 그럴 때면 더없는 반가움을 느끼면서 평생 친구 하기를 요청하고는 이내 잊어버린다. 그리고 다음번 치킨을 먹을 때 또 가슴살을 좋아하시다니 참으로 귀하신 분이라며 평생의 인연을 약조하며 찬양을 일삼고 또 잊어버린다. 이걸 한 분에게 다섯 번 정도 반복한 적이 있는데, 다섯 번째가 되어서야 나의 만행을 알려주셨다. 정말 귀하고 소중한 인연이 아닐 수 없다.

이쯤이면 여럿이 치킨을 먹을 때 내가 가장 먼저 집어 드는 조각이 궁금하실 텐데, 당연히 넓적다리다. 살이 많고 퍽퍽하지 않고 부드럽다. 혼자였다면 가슴살부터 먹어 후일을 대비하겠지만, 다 같이 뛰어든 치킨 전쟁 속에서 경쟁이 치열한 다리와 날개를 양보하는 모양새를 갖추면서도 실익을 챙길 수 있으니 최적의 선택이라고 할 수 있다. 다만 넓적다리를 단번에 집어 들기 위해서는 가슴살이라는 복병을 구분해낼 눈이 필요하다. 백숙을 먹을 때 간혹 보았던 통닭다리의 모습, 혹은 BBQ의 시그니처인 자메이카 통다리구이의 모습을 떠올려보자. 우리가 알고 있는 닭다리의 윗부분, 이 부분이 바로 넓적다리다. 숯불 닭갈빗집에서 구워주는 다리살과 싸이버거의 패티가 바로 이 부위다.

닭을 크게 조각낼 때는 일부가 몸통 부분과 붙어 있을 수 있으므로 조각 자체가 제법 크다. 튀김옷이 얇은 경우라면 커다랗게 이어진 닭껍질이 삼각형 내지는 사각형이며 완만한 곡선을 이룬다. 반면 닭을 잘게 조각내는 경우에는 납작한 생김보다는 가운데 뼈를 살이 감싼 모양새를 하고 있기에 둥그런 모양의 조각을 찾아봐야 한다. 몇 번의 시행착오를 겪다 보면 당신도 할 수 있다. 도전하세요. 넓적다리 감별사.

여기서 치킨의 가장 좋은 점을 언급하지 않을 수 없다. 언제 어디서든, 상대가 누구든, 함께 먹자고 제안할 때 가장 자연스럽다. 그리고 어디에나 늘 있어 오래 발품을 팔지 않아도 웬만해선 치킨집이 눈에 바로 보인다. (물론 난 어딜 가든 동선 주변 치킨집의 위치는 대충 외우고 있다.) 이처럼 손쉽게 사리사욕을 채울 수 있다니, 세상의 수요와 나의 기호의 완벽한 컬래버레이션이다.

거기에 메뉴는 좀 많아졌는가. 양념과 후라이드의 양대 산맥 시절에는 "또 치킨이냐?"는 말에 마땅한 반박거리를 찾지 못해 간장치킨이나 파닭을 황급히 제시해보았지만 "간장도 양념이잖아!"란 말에 결국 한 발 물러설 수밖에 없었다. 하지만 이젠 후라이드의 종류도 각양각색이 되어 어제 먹은 후라이드와 오늘 먹을 후라이드가 천지 차이로 다를 수 있게 됐다. 끝까지 치킨이라는 이유로 거부당한다면 전기구이나 장작구이 통닭, 누룽지 통닭 쪽으로 선회하는 방법도 있다는 것. 포기는 배추를 셀 때나 쓰는 말이잖아요. 심지어 치킨에는 무라고요. (아삭.)

당연하지만 치킨을 같이 먹을 때 신경전과 스릴만 즐기는 건 아니다. 내가 고른 치킨을 맛있게 먹는 사람들을 보면 더없이 행복하다. 어느 정도의 맵기를 받아들일 수 있는지, 바삭한 정도는 어디까지가 좋은지, 양념의 달콤함은 어땠으면 좋겠는지, 오늘의 기분은 어떤지. 치킨 추천을 부탁받았을 때 내가 상대에게 던지는 질문이다. 대답을 듣고 어울리는 치킨을 고민해본다. 잠시 내가 뭐 하는 건가 싶다가도 덕분에 잘 먹었다는 후기를 들으면 뿌듯하기 그지없다. 혹시 남에 대한 배려가 늘 먼저라 본인 몫을 챙기기 힘든 분이 있다면 무조건 순살을 추천한다. 너겟스러운 BHC 순살이라도 어쩔 수 없다. 치킨을 들고 뜯는 것에도 부담을 느끼며, 누가 말이라도 걸면 대답하느라 치킨에는 손도 못 대는 분들이 있더라. (이윽고 요란하게 떨어지는 포크 사운드.) 되도록 치킨을 먹는 자리에선 모두가 행복하게 즐겼으면 좋겠다. 그러려고 함께 먹는 것 아닌가. 전 오늘도 덕분에 행복합니다.

치킨값은 하는 사람

바야흐로 치킨 한 마리 2만 원의 시대. 3만 원 치킨이라는 벌써 나와서는 안 될 단어까지 등장했다. 내 안의 치킨은 아직도 1만 5천 원 언저리인데… 이젠 배달비까지 더해 2만 원이 훌쩍 넘는다. 포장해야지. 훌쩍훌쩍. 감당할 수 없는 결과가 나올 것 같아 내가 치킨에 쓰는 돈을 셈해보지는 않았지만 밥값은 확실히 넘긴 지 오래다. 사람으로 태어나 밥값을 해야 하는 시대, 밥보다 치킨을 더 먹는다면 치킨값까지 해야 마련이겠다.

나는 이 세상에 태어났으니 무조건 대단한 무언가가 되어야만 하는 줄 알았다. 그냥 언젠가 되어 있겠거니 생각했다. 부모님의 권유에 큰 고민 없이 행정학과로 진학한 나는 또 그냥 공무원을 해야 하는 줄 알았다. 공무원을 하라고 행정학과에 가라니까 가면 되는구나. 스무 살이 되었는데도 별생각이 없었다. 대단한 무언가가 된다는 것은, 삶을 갈아 넣는 노력에 따른 결과라는 것을 그때는 알지 못했다. 사교육 하나 없이 대학에 진학한 걸로 내 할 일은 다 했다고 생각하다 수험 생활 이후의 '다음'이 있다는 걸 당도하고서야 깨달았다. 모든 것을 직접 결정해야 한다니. 충격과 공포 속에서 그렇게 방황의 연속인 대학 생활이 시작되었다.

대학생이면 당연히 휴학을 해야지 하고 대책 없이 낸 2년 동안의 휴학 신청서. 뜻밖에도 나를 스스로 움직이게 만든 건 새로운 덕질이었다. 관심 가는 아이돌의 오프라인 행사에 혼자 가기 뭐하다는 지인의 말에 나 시간 많다며 따라나선 게 시작이었다. 이미 그 전의 아이돌 덕질이 그들의 범죄로 얼룩져 질릴 대로 질렸기에 내 심장의 문이 굳게 닫혀 있을 때였다. 팬클럽 임원을 해봐야겠다는 어릴 적 꿈도 친구들과 홈페이지를 굴리면서 얼레벌레 이미 이뤄봤다. 오히려 그것 때문에 덕질이라면 아주 질려버렸다. 관심을 얻기 위한 자작글과 허위 정보, 구심점 역할을 해내야 한다는 부담감, 운영자에 대한 악플 등등. 누가 물어보면 "이미 손 털었습니다." 하고 대답했었는데요. 그런데 말입니다.

그냥 따라만 간 건데, 당시 만난 아이돌은 생각보다 성실하고 친절했다. 집에 와서 좀 찾아보니까

무대에서 본업도 잘하네. 어라, 하는 짓이 귀엽네. 짠, 입덕이 완료되었습니다. 관성? 습관? 알고 보니 난 그저 언제든 입덕할 수 있는 덕질 DNA 보유자였던 것이다. (나를 데리고 갔던 언니는 금세 흥미를 잃고 다른 대상을 찾아 떠났다.) 무대를 더 가까이서 보고 싶다는 이유로 외출을 하기 시작했다. 1년에 네 번이나 컴백하는 그룹을 좋아하려니 오죽 바쁘던지. 그렇게 나의 무료함과 수동성 역시 온데간데없이 사라졌다. 그리고 이때부터 양심이 슬슬 찔리기 시작했다. 새로운 덕질과 함께 시작된 새로운 소비. 받는 돈을 쓰기엔 자존심이 허락하지 않았고, 진짜 치킨값을 하기 위한 알바몬의 여정이 시작된 것이다.

처음은 지역 검찰시민위원회. 사건의 기소 여부 등을 시민들이 모여서 회의하고, 검찰에 의견을 전달하는 활동이었다. 직업을 막론한 여러 분야의 지역 유지들이 참여했다. 그날도 트위터에서 평소처럼 덕질을 하다가 공고를 보게 되었는데, 고맙게도 난 대학생이라는 하찮은 신분으로 참여할 수 있었다. 중요한 분들이 귀한 시간을 써가며 모여서 회의를 하니까 돈을 챙겨주는 거였겠지만, 나까지 받을 수 있다는 점이 중요했다. 2~3주에 하루, 그게 무슨 일이야? 싶겠지만 아무런 의지가 없던 나에게 딱 맞는 아르바이트 겸 외부 활동이었다.

막상 가보니 가만히 입 다물고 있을 수 있는 범죄들이 아니어서, 정신을 차려보니 열심히 주장하고 설득하는 나를 발견. 바쁘신 분들을 붙잡고 회의 시간을 늘리는 주범이었다. 어쩐지 후반부엔 내 주장대로 빠르게 결정된 것도 같다. 그렇게 돈을 벌어 먹고 싶은 치킨을 사 먹고, 원하는 공연 티켓을 사는 재미에 빠졌다.

뭔가 대단한 것이 되면 좋겠지만 별것도 아닌 건 더 되기 싫었던 당시의 나. 확인하지 않은 포켓몬빵 띠부띠부씰 같은 상태를 최대한 유지하고 싶었던 것 같다. 치킨값을 하기 위한 정신없는 알바몬의 나날이 이어졌다. 안 가본 유통 업체가 없고 안 팔아본 품목이 없었다. 코엑스와 킨텍스, 세텍까지 각종 전시회, 세미나, 콘퍼런스와 학회, 수출 상담회를 누볐다. 수출 상담회 진행을 2년 넘게 하니 저번에 보고 또 본다며 알은척을 해오는 해외 바이어들이 생길 정도였다. 비트코인 행사에서 관람객인 척하다가, 저녁엔 기부 방송의 전화 상담원으로 전화를 받고, 다음 날엔 패밀리세일 행사장으로 가서 포스기를 들었다가, 주말엔 완구 회사에서 개최하는 터닝메카드 경기 심판을 보기도 했다. 그냥 매일매일을 채워나가는 게 즐거워서 매일 다른 곳에서 다른 일로 한 달 내내 쉬지 않고 일하기도 했다. 그렇게 모은 돈으로 해외로 날아가기도 몇 번. 대단한 무언가가 되어야겠다는 헛된 미련은 버리고 행복한 치킨쟁이로 살아가기로 했다.

대단하고 훌륭하지 않아도 나를 지탱할 수만 있으면 그걸로 된 거였다. 더 빨리 알았으면 좋았겠지만 후회는 없다. 마음대로 몇 년을 보낼 수 있는 사람이 얼마나 될까. 예상치 못한 방향이지만 나름의 성취도 있었고, 다 읊지도 못할 아르바이트 경험은 평생의 추억이 되었다.

지금은 뜬금없이 IT회사에서 일하며 느리지만 새로운 프로그램도 배우고 있다. 게다가 작가도 아닌데 뜬금없이 책을 쓰고 있을 줄이야. 내일 먹을 치킨값의 무게를 견뎌야겠지만, 내일의 치킨을 고를 수 있는 나에게 만족한다. 이젠 인생이 길어서 좋다. 그러니 지구야, 건강해.

죄송하지만, 앞으로 치킨 선물은
거부하겠습니다

치킨 좋아한다더니 그거 다 뻥이었구먼. 누군가는 이렇게 말할지 모르겠다. 하지만 정말 처치 곤란이어서 힘들다고요. 억울함을 담아 외쳐본다. 처음 꺼내보는 진정한 케첩고백•이다. 정확히 말하면, 저는 치킨 기프티콘이 싫습니다.

언제부터 메신저에 뜨는 '친구의 생일을 확인해보세요!'가 신경 쓰이게 된 걸까? 존재조차 잊고 있던 이들이 생일 축하한다고 화려한 케이크 이모티콘과 함께 등장할 때의 당황스러움을 내 주변의 다른 사람도 느꼈을까?(다행히 지금은 생일 공개 기능을 껐다.) 중요한 이의 생일을 놓쳤을까 노심초사하면서, 목록의 이름을 재빨리 확인하며 우리의 사이를 가늠해본다. 선물을 보내야 할까? 보낸다면 또 어느 정도로?

아직 내가 별다른 경조사를 경험하지 않아서 이

• 2017년 MBC 〈아이돌스타 육상 선수권대회〉 당시 아이돌 그룹 '여자친구'의 엄지가 팬들에게 햄버거를 나눠주면서 케첩이 모자라 "케첩 두 개 받은 사람! 양심고백!"이라고 외치는 장면에서 시작된 밈이다. 속에 품고 있던 말을 조심스레 고백할 때 쓴다.

과정이 이렇게 머쓱한 걸까? 서로 주고받은 선물까지 확인할 수 있는 기능을 통해 딱 받은 만큼 돌려주기를 선택하면, 이게 진정한 선물은 맞나? 우리는 친구가 아니라 플랫폼이 맺어준 사이버 생일 계모임이 아닌가? 이런 식이라면 원하는 것을 살 수 있는 상품권을 보내는 것이 가장 좋겠지만, 대체로 편한 사이가 아니면 돈을 주는 것은 정 없고 성의 없게 느껴지니 또 한 번 에둘러 모바일 금액권이라는 희한한 형태를 선택하게 된다. '커피는 마시겠지.' 하면서 건네는 카페 쿠폰, '치킨은 다 좋아하니까.' 치킨 쿠폰, '여름엔 더우니까.' 빙수 쿠폰 등등. 어디 생일만 날이랴, 응원과 감사, 축하, 답례, 입학, 졸업 등등 선물이 필요한 순간은 너무나도 많다.

커피를 마시지 않는 직장인이라는 정체성을 되도록 계속 유지하고자 하는 나로서는 이 모든 기프티콘이 실은 무용하다. 커피를 마시지 않으니 카페를 찾아갈 일도 없고, 굳이 가더라도 입에 맞지 않는 단 음료나 쓴 음료, 떫은 음료로 바꿔야 하니 아깝다. 누가 나를 대신하여 맛있고 만족스럽게 두 잔을 먹는 편이 더 효율적이고 공리주의적이지 않나. 게다가 이가 시려서 아이스크림을 안 먹은 지도 오래다. 제로 음료수와 치킨 양념 외에는 단걸 즐기지도 않는다. 이가 시리도록 차갑고 단 빙수는 대체로 배탈까지 동반한다.

마지막으로 치킨 쿠폰. 영원한 무기인 1.5L짜리 콜라를 앞세우고 각종 사이드를 포함한 세트들이 선물하기 랭킹을 점령했다. 기프티콘을 받으면 어딘가 매장이 있겠거니 하고 지도를 찾아본다. 매장이 없다면 중고 판매 플랫폼으로 가거나 제3의 인물에게 다시 선물한다. 매장이 있다면 홈페이지에 들어가서 주문하거나 앱으로 바로 주문한다. 대부분은 아직도 매장을 찾아 전화를 걸어 길고 긴 바코드 번호를 불러야 한다. 메뉴 바꾸기를 기대하기 힘들고, 배달비도 별도로 준비해야 하며, 배달 플랫폼에서 들어온 주문이 아니기에 배달 순서까지 뒤로 밀리기 일쑤다. 신경 써야 할 부분이 한둘이 아니다.

난 주로 여기서 제3의 인물을 맡을 때가 많다.

왜? '치킨을 좋아하니까'. 처음엔 열심히 방문 포장으로, 배달로 소화해보고자 노력했다. 적어도 치킨을 같이 먹어줄 식구들이 있었을 땐 금세 사라지는 치킨을 보며 아쉬움을 느끼다가도 함께 먹는 즐거움이 더 컸다. 하지만 치킨에 미쳐 있는 것이 온 세상에 소문나버린 지금, 황금올리브와 뿌링클을 선두로 한 치킨 쿠폰들이 때마다 물밀듯이 들어온다. 게다가 채팅방에 이미지로 전달되어온 쿠폰들까지! 이대로는 안 되겠다는 위기감에 가까운 이들에게 치킨 쿠폰 선물하지 않기 홍보 운동을 홀로 벌이고 있다. 메뉴도 못 바꾸고, 배달비 선결제도 못하는 구시대적인 E-쿠폰 시스템이 아직도 유지되고 있다니. (BBQ 정도만 자체 앱에서 금액권 형태로 이용이 가능하다.) 연예인과 먹방 유튜버들에게 신제품을 돌려 홍보할 시간에, 이런 시스템부터 바꾸라며 잠시 분노해본다. 이렇게 제3자, 제4자를 거치며 결국 유효기간이 지나 못 쓰고 환불되는 기프티콘들이 얼마나 많을까.

한편 어느새 배달업체 플랫폼들이 자체적으로 상품권을 만들어 팔기 시작했다. 그 방법과 절차는 제법 간단하다. 구매할 수 있는 상품은 당연히 카테고리를 가리지 않고 가짓수는 전 세계의 미식을 넘나들 만큼 어마어마하다. 배달비 결제까지도 한 번에 끝마칠 수 있다. 배달비 상승에 대한 책임도, 배달 플랫폼들의 문제도 모두 알고 있지만, 어쩔 수 없이 난 오늘도 배달 플랫폼 상품권을 주변에 선물했다. 부디 더 편하고 쉽게 맛있는 치킨, 또는 안 치킨을 먹길 바라는 마음을 담아서.

최고의 양념을 찾아라

지금 당장 '양념치킨' 딱 네 글자를 떠올려보라. 어떤가. 윤기 좔좔 매콤달콤한 양념의 맛이 혀에 진득하게 감돌지 않는가. 고추장 소스라고 이름 붙이기에도 이상하고, 칠리 소스는 더욱 아니고, 케첩 소스도 전혀 아닌 것이. 요망하게도 양념치킨 소스라는 말 외엔 정확하게 설명할 길이 없다. 우리가 수도 없이 먹어온 달짝지근한 그 맛, 알고 있지만 말로 설명하기 어려운 그 맛이 바로 양념치킨의 맛이다. 조금은 달고, 조금은 마늘 향이 나고, 조금은 케첩 맛도 나고, 조금은 묽고, 조금은 쫀득하고. 우리는 양념치킨의 넓은 스펙트럼을 한평생 즐겨왔다. 넓게 보면 후라이드에 양념을 묻힌 것이 양념치킨이기 때문에 간장 소스를 묻힌 치킨들도 간장 양념치킨이라고 할 수 있겠다. 하지만 국내에선 간장치킨의 입지가 확실한 바, 양념치킨과 간장치킨 구분은 널리 통용되고 있다. 워낙 많은 종류의 치킨이 이 시간에도 생겨나고 있기에, 더 세부적으로 치킨의 갈래를 나누어 규정하려는 시도들이 바람직하다고 본다.

모름지기 궁극의 양념치킨은 '놔둘수록 맛있어져야 한다'는 게 나의 지론이다. 하지만 어디까지나

적당히. 20년이 지나도 썩지 않는 빅맥 같은 걸 먹고 싶다는 건 아니니까요. 후라이드의 바삭함이 양념을 만나면 줄어드는 것은 당연한 이치다. 하지만 괜찮은 양념이라면 튀김옷과 만나 새로운 바삭함 혹은 쫄깃함을 만들어낸다. 단순히 양념이라고 해서 눅눅해진다는 것은 편견이다. 나도 한때 강경한 양념 눅눅론자의 입장이었는데, 집안 어른들과 치킨을 먹을 일이 생기면서 양념의 본질을 다시금 들여다보게 되었다. 잘 만든 양념치킨에는 놀랍게도 또 다른 차원의 바삭함이 존재하고 있었다.

정도의 차이는 있겠지만 양념치킨은 일부러 식혀서 먹는다는 사람도 꽤 많다. 극단적으로는 따뜻한 치킨을 받아서 냉장고에 넣어두고 차가워지기를 기다리기도 한다. 홍콩에서는 얼린 치킨을 팔기도 하지 않나. 물론, 나도 여행을 갔을 때 지나칠 수 없어 사 먹어봤다. 쥐포 같기도 하고 과자 같기도 한 식감이 제법 맘에 들었지만, 그저 한 번이면 족한 경험이었다. 아무리 차가운 치킨이 맛있어도 이왕이면 따뜻한 편이 조금 더 낫다. 차가운 걸 넘기기엔 이제 소화기관이 썩 활발하지 않기도 하고. 하지만 살짝

식어 차가워지기 직전의 정도라면 오히려 좋다. 이를 위해 반반치킨이 오면 먹는 순서를 후라이드 다음 양념의 순서로 조절하기도 한다. 그렇게 기다려 알맞게 식은 양념치킨 닭다리를 깨물면, 이게 바로 행복이로구나. 콧노래가 절로 나온다.

웬만한 전통 브랜드들의 양념치킨은 모두 훌륭하지만, 이 소중한 기회를 빌려 내가 추천하고 싶은 메뉴는 '맥'시칸치킨의 닭강정이다. 뼈치킨을 진리라고 생각하는 내가 주기적으로 찾는 몇 안 되는 순살 메뉴인 데다, 워낙 꾸준한 인기를 자랑하는 메뉴이기도 하다. 뼈 없는 닭다리살을 마구 썰어 담은 쫀득한 닭강정, 얼핏 피자 박스 같은 납작한 상자를 열면 한가득 펼쳐진 닭강정 조각에 절로 군침이 싹 돈다. 간간이 들어 있는 떡도 지루해질 틈 없이 닭강정 틈새로 맛있게 스며든다.

멕시카나, 맥시칸치킨, 멕시칸치킨. 이 셋이 각기 다른 브랜드라는 걸 알고 있는가? 멕시카나는 아이유, 영탁 등 다양한 스타를 기용한 공격적인 마케팅을 하면서 앞에서 언급된 신호등 치킨(아마도 죽어서 이름을 남긴 유일한 치킨), 치토스 치킨, 삼양과 컬래버레이션한 불닭 치킨, 까르보불닭 치킨 등 다양한 도전을 감행하며 그 존재감을 드러내고 있다. 맥시칸치킨은 양념치킨과 치킨무 개발자 윤종계 선생님이 설립한 브랜드로 알려져 있다. 멕시칸치킨 역시 30년의 전통을 여전히 이어가고 있다. 왜 갑자기 물어보지도 않은 TMI를 살포하냐고? 명색이 주제가 치킨인 책 안에서 치킨 정보 하나쯤은 전해야 하지 않나 괜히 찔려서랄까. 다시금 말하지만 내가 추천하는 메뉴는 '맥'시칸 닭강정이다.

최고의 간장치킨이라면 역시 교촌치킨의 허니콤보다. 식상해도 어쩔 수 없다. 유 스틸 마이 넘버원. 시즈닝 치킨들이 '뿌링클을 이겨라'로 각축전을 벌이고 있다면, 간장치킨계에서는 단연 '교촌을 이겨라'가 계속 이어지고 있다. 교촌은 간장 치킨의 스탠더드다. 교촌보다 짜다, 교촌보다 달다로 여타 간장치킨의 맛을 표현하게 되니 교촌의 입지가 얼마나 단단한지 실감할 수 있다.

한 가지 단점은 음료. 갑자기 콜라 대신 자체 제

작 음료인 허니스파클링 같은 것을 주더니 이제는 트윙클링을 준다. 난 제로 콜라나 탄산수를 곁들여 먹기에 음료를 빼달라고 요청하는 편이지만 그래도 불만스럽다. 자체 음료를 함께 받아야 하는 걸 알면서도 불매는커녕 꾸준히 시켜 먹는 나의 모습이란. '제발 누구든 좋으니 교촌을 이겨주세요!'라고 내심 열렬한 응원을 보내며 간장 계열의 신제품이 나올 때마다 주문하고 있지만, 아직 그 소망은 이루어질 기미가 보이지 않는다. 바삭하면서도 짭짤하고 달달한 허니콤보의 맛을 이길 자가 없어 다시 또 허니콤보를 시키고 만다. 달아서 물린다는 평에는 어느 정도 공감하지만, 허니콤보가 물리는 시점은 다른 치킨에 비교해도 절대 빠르지 않다. 게다가 레드 시리즈와의 결합이라면 무한동력과도 같은 폭풍 흡입을 끌어낼 수 있다는 점! 다른 간장 치킨과 확실히 차별화된 지점이다.

호르고 묻는 양념이 아니라 깔끔하게 먹고 치우기도 좋아서 나들이 때는 허니콤보를 전략적으로 선택한다. 구구절절 설명할 필요도 없고, 호불호도 거의 없어서 친구들과 함께 먹기에 그만이다. 한강에 자리를 펴놓고 편하게 허니콤보를 뜯을 날이 다시금 돌아온 것 같아 벅차오른다.

에필로그

안 먹고 살아지세요?

하룻강아지가 범 무서운 줄 모른다더니 덤벼들고 말았다. 태어나서 내 이름으로 된 책 한 권을 남긴다? 멋진데? 다시 오지 않을 기회? 그럼 잡는다! 어쩜 단순하기 짝이 없었다. 그리고 몇 달 뒤, 구술로 책을 쓰는 상상, AI가 책을 써주는 상상도 해보았지만 꿈은 꿈일 뿐. 과학기술이여 분발하라! 날아다니는 자동차는 어디에 있습니까! 아무 상관없는 이과생 탓을 해보기도 했다. 그로부터 1년 뒤에는 어땠는가. 로또 1등에 당첨돼서 출판 계약서에 명시된 계약금을 반환하고 마감으로부터 자유가 되자! 나름 획기적이라고 생각한 야심 찬 포부 역시 이루지 못했다. 새해 첫날 소원이 다 이뤄진다는 노래 〈이루리〉도 듣고 운수 대통한다는 〈니 팔자야〉도 들었는데요…. 여간 섭섭한 것이 아니다. 대충 멜론 이용자 수만 10만 명이니 내 번호표는 운이 좋더라도 3만 번대 정도일까.

그런 달콤한 꿈을 꾸었습니다.

기나긴 역병도 지나고 더 이상 물러설 곳이 없었다. 치킨을 뜯으며 키보드를 두드렸다. 놀랍도록 시리즈의 결을 벗어난 신호등 치킨 같은 글이 되었다. 최근에 읽은 글이라고는 '자소설'뿐이었던, 일기조차 안 쓰던 사람의 고군분투기다. 그저 눈앞이 샛노랬을 뿐인데 이렇게 어떻게든 목적지에 도착하긴 했다. 차려진 치킨만 먹었을 뿐인데 흘러 흘러 여기까지 왔다. 하고 싶은 것 뭐든 딱 6년만 열심히 해보라던 교수님의 조언이 갑자기 생각난다. 성공하지 않아도 뭐든 되어 있을 것이라며 용기를 북돋워주셨지만, 속으로 '교수님은 부잣집 영애셨잖아요!' 하며 괜히 삐딱선을 탔었는데, 평생 먹은 치킨으로 뜻밖에 치믈리에가 되었고, 결국 책까지 냈다.

책을 쓰게 되었다고 나의 최애 아이돌 빅스의 팬 사인회를 가서 자랑도 했었는데, 아니 글쎄, 원고를 쓰는 동안 두 명이나 군대를 다녀왔다. 끝끝내 잘못 알아듣고 치킨 만드는 대회에서 1등 했냐고 몇 번이나 되물어보던 학연이, 흥미로워해준 재환이, 응원해준 원식이 등등 모두 고맙다. 그리고 나를 만나면 무조건 치킨은 한 번씩 먹어야 하는 것에 아무런 의문을 가지지 않는 친척들과 친구들에게 그간의 미안함을 전한다. 이 책을 쓰고 나서야 이렇게 많은 먹거리가 있는 세상에서 무던히 치킨만을 강요해온 건 아닌지 뒤늦은 반성을 하게 되었다. 그리고 동시에 고마움을 전한다. 앞으로도 나와 치킨을 함께 먹어줄 사람들이니까.

살다 보니 어느새 닭뼈가 목에 걸린 것 같은 답답함은 제로 콜라 한 캔으로 꿀꺽 삼키는 어른이 됐다. 그동안 열심히 먹은 치킨 덕분인지, 치킨에 들어있는 단백질 덕분인지, 다행히 보이지 않는 곳까지도 제법 단단해진 모양이다. 바쁜 꿀벌은 슬퍼할 겨를도 없어서인지 금세 털고 일어난다. 출근을 해야 달콤한 주말이 오고 월급날도 온다는 걸 이제는 안다. 청춘이 지나갔다고 하기엔 살아갈 날들이 많기도 많다. 그러니 어쩌겠는가. 더 열심히, 치킨을 먹어야 한다.

 018

치킨

먹을 줄만 알았는데 시험에 들게 될 줄이야

1판 1쇄 찍음 2022년 7월 21일
1판 1쇄 펴냄 2022년 7월 28일

지은이 김미정

편집 김수연 김지향 정예슬
교정교열 안강휘
디자인 박연미
패브릭 피규어 Bird Pit(김승환)
미술 이미화 김낙훈 한나은 이민지
마케팅 정대용 허진호 김채훈 홍수현 이지원 이지혜 이호정
홍보 이시윤 박그림
저작권 남유선 김다정 송지영
제작 임지헌 김한수 임수아 권혁진
관리 박경희 김도희 김지현

펴낸이 박상준
펴낸곳 세미콜론
출판등록 1997. 3. 24. (제16-1444호)
06027 서울특별시 강남구 도산대로1길 62
대표전화 515-2000
팩시밀리 515-2007
편집부 517-4263
팩시밀리 515-2329

ISBN
979-11-92107-62-2 03810

세미콜론은 민음사 출판그룹의
만화·예술·라이프스타일 브랜드입니다.
www.semicolon.co.kr

트위터 semicolon_books
인스타그램 semicolon.books
페이스북 SemicolonBooks
유튜브 세미콜론TV

(근간)	윤고은 염승숙	소설가의 마감식
	정연주	바게트
	정이현	table for two
	서효인	직장인의 점심시간
	노석미	절임 음식
	안서영 이영하	돈가스
	김현민	남이 해준 밥
	임진아	팥
	손기은	갑각류
	신지민	와인
	김겨울	떡볶이
	쩡찌	과일